U0902826

再见，黑鸟

[日] 伊坂幸太郎 著
黄悦生 译

上海文化出版社
SHANGHAI CULTURE PUBLISHING HOUSE

一

“猎鹿，这我能理解——对准眼睛圆溜溜的无辜小鹿来一枪。当然，这种行为我可不支持，只是说这个词的意思可以理解。说到‘猎鹿’，我眼前会浮现这样的情形：一个男人，身穿玲珑小巧的马甲，手提猎枪，走在山林里，一看见小鹿就开枪……”广濑明梨解释道。

她继续说道：“摘葡萄[1]也可以理解。虽然跟屏住呼吸、举起猎枪、瞄准猎物不同，但把垂下来的一串果实摘走，也有一种‘捕猎’的感觉。跟‘收割’[2]这个词有相通之处，所以并不难理解。”

“那怎么‘赏红叶’[3]就想不通了？”星野一彦问道。

---

1 在日语中，“摘葡萄”（ブドウ狩り）和“猎鹿”（鹿狩り）都用同一个动词“狩”。

2 在日语中，“收割”（刈る）和“捕猎”（狩る）这两个词发音相同。

3 在日语中，“赏红叶”（紅葉狩り）也是用“狩”这个动词。

“赏红叶，明明不用猎枪打，也不是收割果实，只是欣赏红叶，为什么也用‘狩’呢？真是莫名其妙。”

“‘狩’字也有观赏的意思哦。”星野一彦做出翻书的手势，示意她——回去查查词典吧。

在车站前一座大楼的地下酒吧包厢里，两人相向而坐。还有几个小时就到晚上十二点了。可能因为是星期天，顾客很少。昏暗的酒吧里流淌着舒缓的爵士小号。他俩并不是这家酒吧的常客，是偶然路过才进来的。不过，这里的环境恰到好处，适合让当天认识的男女变得亲密起来，或是产生亲密起来的错觉。

七个小时前，在弥漫着温暖空气的塑料大棚前，广濑明梨遇见了星野一彦。当时，星野一彦左手端着盛有炼乳的纸杯，正准备进棚里摘草莓。目前正是鲜草莓成熟的季节，而且天气晴朗，草莓园里挤满了游客，广濑明梨排在队伍最后。入口狭窄，加上是分批进入，门外排起了长龙。

星野一彦在队伍前面嚷道：“我从没听说过摘草莓还要限定时间的！”虽然今天是星期天，他却身穿西服——深蓝色，窄身，款式考究，透出一种高级感，显然不是便宜的地摊货。这身着装，对于普通上班族来说当然无可挑剔，却不适合摘草莓。他一个人来的，显然也不属于周末加班后，提前下班陪家人游玩的那类人。他三十岁左右，正处于小年轻和成熟大人之间的过渡期，短头发，高鼻梁，大眼睛，大耳朵，五官长得不算匀称，但挺有个性。这就是广濑明梨对他的第一印象。当时，她已经不自觉地被星野一彦吸引了。

“按规定，是限定时间的。请您多谅解。其实三十分钟也能吃个够了。”草莓园的看门大妈说道。她的脖子和腰上都长着赘肉，给人一种胖乎乎、软绵绵的感觉。说起话来不紧不慢的，相当稳重。

“三十分钟？不会吧。”星野一彦咬牙切齿地说着，一脸不满地钻进塑料大棚，“你们明明说是任吃的呀。”

“您先尝尝吧。”

听着两人的对话，广濑明梨心想：“号称任摘任吃的草莓园，三十分钟确实太短，未免有些小家子气。”

在塑料大棚内享受摘草莓之乐的大多是一家人、两口子，或是恋人们。基本没人会独自跑来这里。这理所当然，广濑明梨心想。这跟一个人在保龄球场里练习投球还不一样。独自跑来摘草莓的人，不是有草莓情结，就是对塑料大棚情有独钟。看见有人独自练习打保龄球，你可以搭讪说：“你在练习投球啊？”或是“你的技术真好。”可是，对于一个独自来摘草莓的人，“你在练习摘草莓啊”“你的技术真好”之类的话却说不出口。

不过，这点郁闷很快就消散了。拨开叶子，发现鲜红的草莓，摘下来，蘸一蘸炼乳，塞进嘴里，大口大口地吃着。顿时，慈母般的甜奶味和草莓的酸味融化在一起，这味道立刻传遍了全身。这样的美味，无论吃多少都不在话下。广濑明梨振奋起来，打算在塑料大棚里大杀四方，把草莓全部吃掉！

可没过十分钟，广濑明梨就开始觉得腻了。她看看手表，叹了一口气：“还有这么多时间呀。”这时，在她正前方的，就是星野一彦。他弯着腰，摘下草莓，但并没有立刻塞进嘴里，而是一脸厌倦地盯着看。他此刻的忧郁表情，就好像看见烦人的新员工出现在眼前，不由嘀咕道：“唉，你怎么还在？”他把草莓放进纸杯里，看看手表，叹了口气，抬起头来——正好和广濑明梨四目交接。他似乎吓了一跳，但瞬间又露出笑容：“三十分钟，其实还挺长的。”

广濑明梨也深有同感。草莓虽然好吃，但一个接一个地吃，确实容易腻味。蘸着炼乳吃还行，但炼乳一见底，光吃草莓就有点难受。不过，若没到规定时间就提前离开，又觉得太亏。

“刚听说限定时间为三十分钟时，我还觉得太短了。”广濑明梨回答道。

“刚才我还向那个看门的大妈抱怨说，摘草莓还要限定时间，不用这么抠门吧！”

“我听到了。”

星野一彦顿时面红耳赤：“你也听到了？一会儿出去时得向她道歉才行。”

“你还挺有礼貌的嘛。”广濑明梨有些迟疑，不知道用词应该客气到什么程度。同时，她又对星野一彦坦率承认错误、主动道歉的态度产生了好感。

“对了，你为什么特意穿着西服来摘草莓呢？而且还是一个人来。”

星野一彦把事情的来龙去脉告诉了她。

当天，他和交往了两年的女友约好出来吃晚饭，快到约定时间时，对方却忽然说不来了。不知如何打发时间的星野一彦忽然冒出了一个念头：去摘草莓。

★★

“那些话也是骗人的吧？”在东京市内一间公寓房间里，广濑明梨气得直揪头发。

“你指的是哪些话呀？”我嘴上搪塞，心里却隐隐作痛。

十二月中旬，每天都冷得要命，让人怀疑所谓的全球变暖只存在于传说中。屋里并没开暖气。不知道广濑明梨是想故意让我难受，还是忘记插电源了。说不定，是因为我突然上门提出分手，她一时气急败坏，才无暇顾及寒冷的。在这冬天的假日里，我正襟危坐，膝盖和小腿紧贴着地毯——俨然是准备跪拜叩头的姿势了。虽然已经下午四点多，但太阳还没落山。

“哎哟。”茧美坐在旁边那张米黄色的沙发上，跷起二郎腿，把手中的罐装啤酒一饮而尽，懒洋洋地说道，“哎，这个男人呀，对女人说的话十有八九都是假的，全是骗人的。话说回来，你俩第一次见面就是彻头彻尾的骗局呀。”

“不是的。”我连忙反驳，“当时，我确实是跟女友约会被放了鸽子，所以才跑去摘草莓。这真没骗你。跟你第一次见面时说的话都是真的。”

“‘所以，我爱过你也是真的。’这个男人会这么说。”茧美伸出长长的胳膊，粗大的食指指向我。她长得人高马大，粗胳膊粗腿，浑身上下都比别人大一号。而且态度蛮横，胆子也壮。在我看来，她简直就是另一种生物。我认识她两个月，每天一起行动，但相处的时间越长反而越不了解她。刚认识没几天时，我就感觉到：她虽然属于灵长类动物，但恐怕和我分属不同科吧……而今，我甚至怀疑她不是这个星球上的生物了。

广濑明梨在客厅里转来转去。我不知道该说些什么，心里着急，只得随口安慰道："我这么突然跑上门来，可能会吓到你，让你惊慌吧。"

茧美却在旁啧啧地咂嘴挖苦道："瞧你手足无措的样子，真丢人。"她这半辈子大概都是不停咂着嘴走过来的，所以咂嘴声练得特别响亮，余音袅袅。"喂，我跟你说，她不是惊慌，是在生气哟。"

"我是在生气！"几乎与此同时，广濑明梨激动地嚷道，"两个月不见人影，好不容易联系上，却带着这样的女人找上门来，说要和我分手，跟她结婚……如果连这都不生气，那还有什么可生气的！"

被称为"这样的女人"的茧美发出了欢呼声。她早就习惯了——习惯别人一看见她的长相就害怕、蔑视、敬而远之。"我身高一米九，体重两百公斤。块头够大吧。"第一次见面时，我根本没问，她就自报身高体重。不知道这数字是否掺水分，不过对于不搞体育、不练格斗的女人来说，这身段也太过彪悍了。她说自己是个混血儿，不知是真是假。毕竟，她皮肤白净，又长着一头金发。起初我以为她戴着金色的假发，后来才发现是真头发。她总穿着一身西服，不知道穿的是男装，还是特意定制的。我有点好奇到底哪个商家这么奇葩，就偷偷看了她衣服的商标，发现大多是"巴黎世家"的。一个身穿高雅西装的金发白人女子——这么一说，估计大家脑海中会浮现出吸引男人目光的绝色美女形象，但茧美却让人大跌眼镜，她看起来，只是一个身着西装、国籍不明的怪人。而且，虽然她声称是混血儿，却只会说日语。

“在我童年最早的记忆里，第一天进幼儿园时，邻居家的荻野目说我是‘女怪兽’，气得我跟他干了一架，结果把他的手腕弄骨折了。从小我就走上这样的人生之路啦。”她耷拉着脑袋说道。随后又自言自语地嘀咕了一句：“就是从荻野目这小屁孩开始的。”

茧美大大咧咧地坐在广濑明梨屋里的沙发上，喋喋不休地对她说道：“我本来都懒得理你，想直接跟他去登记的。他却说要跟你这婆娘打声招呼。”

“婆娘？你这家伙怎么这样说话！”

“‘你这家伙’也好不到哪里去嘛！”

跪坐在地上的我立刻条件反射似的站起来，走到广濑明梨身边，伸手搭在她的肩上，劝道：“你冷静些。”她却扭动着身体，似乎在说“别碰我”。

我听见了茧美那发自肺腑的欢笑声。我能想象到，她心里一定在说：“哈哈，真开心。接下来还有四次看热闹的机会呢，还有什么比这更开心的吗？”

我把视线转向东面的墙壁。那上面有个黄铜架子——高及腰部的支柱上装着好几个盘子，每一层都摆放着戒指、耳环等首饰。

广濑明梨曾经拿起一枚戒指，说过这样一番话：“你不觉得很不可思议吗？它闪闪发光，确实漂亮。但它的价值到底在哪里呢？在于向人炫耀吗？很多人上电视时都穿戴得珠光宝气，到底想炫耀些什么呢？难道想告诉别人：我为了买这些并非生活必需品的首饰花费了大把金钱？打个比方，现在有两条项链，一条适合自己而且价格便宜，另一条不适合自己但价格昂贵，你会选哪一条？”

“我会选适合自己而且价格便宜的那条。”

“就是。不过，在现实中遇到这种情况，可能每个人都会选不适合自己但价格昂贵的那条吧……我也一样。”

“是想着可以拿去卖？”

“想不想都一样。”

“要这么说的话，一枚适合自己的便宜戒指和一根不适合自己的昂贵象牙，你会选择佩戴象牙吗？”

“象牙？这是什么鬼？”她笑出声来，接着问道，“是用象牙做的首饰？”

我摇摇头，回答道：“不，就是一整根象牙，貌似很高雅的感觉，而且也很难弄到手。往这挎包里一插，谁看了都会对你肃然起敬。”我一边说，一边用手比画，仿佛抚摸着从自己嘴边长出来的象牙——它们像胳膊一般粗壮。

“象牙，不是违禁品吗？”

“这才显得你独特嘛。”

“还可以当作防身的武器呢！”广濑明梨笑着说。看着她高兴的样子，我也感到开心。可没过多久，我渐渐抱有一丝内疚。

我之所以会有负罪感，原因很简单。

除了她之外，我还同时跟别的女人交往。这跟“劈腿”不一样，因为我根本分不清哪个女人才是真爱。这比劈腿更恶劣吧，说是“一脚踏两船”也不准确，因为我是脚踏五条船。茧美知道这事时，吓得瞪圆了双眼："脚踏五条船，厉害啊，太吓人了。这算是五天工作制吗？真有你的。你自己是怎么想的？是每周故意留出双休日，还是迫不及待地要把这两天也填满？"

"其实，我并没有每天都跟她们当中的某人见面，所以根本不是什么五天工作制和双休日。"我解释道，"有时整个星期只跟一个女人待在一起，有时一个月才见上一面。而且，我并不是故意制造了这样的局面，只是顺其自然地跟那些有好感的女人来往，结果就变成同时跟五个人交往了。不过，我跟她们的交往时间各不相同，所以也不能完全说是同时交往。"

可是，茧美压根儿就没打算听我的解释和辩解。她一边抠着鼻子，一边说道："哼，不如不要按星期算，按月算吧，每天轮换——那可是脚踏三十一条船哦。准能破吉尼斯纪录。不过，如果登上吉尼斯纪录，可就穿帮啦。三十一个女人厮杀的战场，别提多可怕了。"

"喂，我其实挺同情你的。"茧美从沙发上直起身，指着广濑明梨。每当茧美有什么动静时，就会让人产生室内空间扭曲、地板摇晃的错觉。"遇到'小星野'这个单身男人后，你总算摆脱了小三专业户的厄运，还以为可以正正经经地谈一场恋爱呢，没想到又被我这样的女人抢走了。"

"喂！"广濑明梨满脸通红地瞪着我。她一定是想愤怒地质问我：为什么这个女人知道她当小三的事？为什么要暴露她的隐私？

我理解她的心情，却没有资格谴责茧美。

关于我的亲友，关于我的恋人，茧美无所不知。至于选择什么时候说出来，那是她的自由。

“被‘那辆巴士’带走之前，我想跟几个女人见见面。”我提出请求。茧美却斩钉截铁地说道：“有什么好告别的，毫无意义。你离开之后，她们一开始可能会感到寂寞，但很快就会把你忘掉的。”

“没关系，就让我跟她们告别吧。”我恳求道，“那辆巴士要两个星期以后才来接我吧？反正还有时间。”

“我说你呀，一个要被带走的人，说话还这么理直气壮！我恨不得立马把你送走。”说着，茧美哼起《多娜多娜》[1]的歌谣来：“就要被卖掉了哟，眼睛充满了悲伤哟。”

茧美的任务，就是监视我，以防我在“那辆巴士”到来前的这两个星期内逃跑。

“就让我跟她们道个别吧。你可以跟我一起去，这样就能防止我做出什么异常举动了。”

我死乞白赖地哀求着。连我自己也不知道为什么要这么做。

“你怎么非要这么一根筋呢？”

“我是独生子。”

“这我知道。我全都调查过了。”

“读小学时，有一天我放学回家，正在看电视，母亲说：‘我

---

1 《多娜多娜》：经典的犹太民谣，歌词描述一头名为“多娜”的小牛被送往集市屠杀时的悲伤。

去买些肉馅儿。’就出门了。

“她只是去附近的一家超市，所以我并没在意，只顾着看电视。我沉浸在动画片里——里面正播着我最喜欢的变形机器人。这部动画片结束后，另一部又开始了。接着，是下一个节目。但在播放傍晚新闻的时候，我内心深处渐渐地涌起不安——就像是从温泉底下咕嘟咕嘟地冒起来的水泡似的，一个接一个地破裂了。我坐立不安，不知道母亲为什么还没回来，于是站起身，看看窗外，随即又回到房间，透过门上的猫眼向外看；我关上电视，然后又打开；我拿起电话，却不知道要打给谁，只得又放下了。

“我想，要是母亲遇到了车祸该怎么办？结果，她真的遇到了车祸。”

“这我知道。我全都调查过了。”茧美仿佛在听别人自吹自擂一样，脸上写满不屑，还把手指伸进耳朵里掏着。

“我当时那种无助的心情，你又怎么能调查到呢？”

“啊？这事还没讲完吗？”

“苦苦等待永远不会回来的人——这种寂寞，我深有体会。”

“难道你想说，一直苦苦等待你回来的那些女人很可怜吗？你傻不傻呀？哦，也没错，就因为你是傻瓜，所以才会被‘那辆巴士’带走。不会有人等你的啦！”

“我也这么觉得。不过，如果不好好地去告别，她们就没法继续往前走了吧。”

“这倒也是。如果她们还一直以为在和你交往，确实是浪费时间。”

“所以我才求你帮忙嘛。”虽然我知道希望渺茫，但还是不愿放弃。

“真拿你没办法。那我打个电话问问吧。不过，你可别抱什么希望哦。十有八九是不行的。”

“我知道。”

然而，令人惊讶的是，我的请求竟然得到了批准。那十之一二的希望生效了。不知道茧美给谁打了个电话，之后就绷着脸说道:“他们说没问题。”

“为什么？”虽然申请获得批准令人高兴，但我仍心存疑问。

茧美撇了撇嘴:“他们觉得这事挺好玩的。”她的表情却显得索然无趣。

“真是群多管闲事的家伙。他们大概是对一个脚踏五条船的男人感兴趣，想看看最后的巡回告别是什么下场吧。”

我听得直发愣，不知道他们的话有几分可以当真。当然，我也不知道他们到底是茧美的上司、同事还是雇主，不知道他们是日本企业还是国外机构。总之，我是幸运的，我的请求竟然得到了批准。然后，我又提出一个要求，应该不算得寸进尺吧——

“如果可以的话，请不要把我即将离开的事告诉她们。”

“你到底明不明白自己的处境呀？”茧美又皱起眉头，圆溜溜的脑袋凑到我面前。“让我看看你的脸皮到底有多厚，竟然说得出这么无耻的话来！”

“真的不行吗？”

“嗯……倒也不是不行。不过，我有个条件。”她的视线从庞大的身躯上方投射下来。

“条件？”

“我最讨厌等待，讨厌得要命。如果特地陪你跑一趟却扑空，那可饶不了你。”

“我会事先联系好，跟对方约好时间再去。这样就不会扑空了。”

“既然是约定时间，就意味着要等到那一刻。我就是讨厌这种感觉。”

“那我尽量约在对方家里见面。”

“就算是登门拜访，对方也有可能在上厕所、睡觉，或者去了便利店……”

我不禁目瞪口呆。要这么想，可真没辙了。我提议说：“按门铃后，如果没人来开门，我们就走。”

“行。按三下。按了三下还没人来开门的话，就放弃。”

“十下！”我讨价还价，“至少，得给我按十下的机会嘛！”

“按三下和按十下都一样的啦，道个别还这么拖泥带水。另外，你求我保密的事，我答应在她们面前绝口不提。我不会告诉她们，你将被‘那辆巴士’带走，被带走之后会如何……反正就是些老掉牙的悲惨结局嘛，还是不说为好。但除此之外，我说什么你都别管。无论我怎么痛骂那些女人，怎么说你坏话，你都不许有半句怨言。”

当然，我只能接受这个条件。所以现在，茧美当着广濑明梨的面大爆其隐私，我也无法指责她。

广濑明梨气得满脸通红。她瞪了我一眼，随即又把锐利的目光转向茧美。

茧美似乎颇为得意，继续说道：“跟你搞婚外恋的家伙，靠着卖迪士尼的山寨产品赚了一大笔钱吧。我忘记他仿造的是狗还是熊了，反正要是我，才不会离开那个大款呢。比起这个轻浮的小星野，还是那个拖家带口的男人更靠谱些。”

广濑明梨听得目瞪口呆。她看着我，眼里充满疑惑：为什么这个女人连这些都知道？其实，我同样听得目瞪口呆。广濑当小三的事，我也知道，她自己告诉我的，还简单做了解释：因为对纠缠不清的关系感到厌倦，精神状态不太好，那天才跑去摘草莓的。至于对方是个怎样的男人，我就一无所知了。她既没有说，我也不想知道。

茧美一脸若无其事，似乎又要哼起歌来。她的团伙对我进行了彻底调查。我欠下了巨额债务，他们费尽心机想要捞回点钱，调查了我的各种人际关系，才发现我脚踏五条船的事吧。即便如此，我仍觉得惊讶——他们竟然连广濑明梨傍的大款都查得一清二楚！

“很遗憾，这个家伙要跟我结婚了。今天他是特地来向你告别的。从明天开始，你就开始新生活吧，不管你是找回那个山寨迪士尼先生，还是找别的男人。”说完，茧美站起身来。这么一个庞然大物突然站起来，颇有怪兽进入临战状态的气势。吓得我连忙摆开架势，准备应战。然而，我一看她那张圆脸——眼睛鼻子也都算端正，又感到很不协调。如果她能瘦下来，打扮成一个漂亮的混血女郎也并非没可能。至于用什么方法可以变瘦，我却想不出来。所以，这是个毫无意义的假设而已，就跟“奈良大佛如果瘦一些就能穿上窄筒牛仔裤”的命题一样。如果能瘦下来的话，确实如此。只能这么说吧。

“如果你说要跟我结婚，她们应该就能死心了吧。”三天前，在闹市的一个小神社前方，茧美坐在台阶上，对我说道。

这个小神社只有象征性的牌坊和石狮子，却异常静谧，没有车水马龙，也没有喧闹的人群。我虽然穿着及腰长的大衣，可能因为布料破旧吧，依然被寒风吹得直打哆嗦。茧美穿着羽绒服，原本就庞大的身体显得越发臃肿。她正大口大口地嚼着刚买的烤鲷鱼。我真心希望她能和我分享，哪怕只是分点儿热腾腾的香味给我也好。

“你的那些女朋友，一听到你要跟我这样国籍不明的大块头结婚，肯定不会再对你纠缠不休了。自尊心也不允许啊，是吧？”

“是这样吗？”

“肯定的。”

“会不会有人产生一种竞争意识呢？不管是谁，都舍不得把自己的东西拱手让人吧。”

“这种可能性嘛，也不能说完全没有。”茧美点点头，“不过，如果看见情敌是我这样的家伙，一般都会自动放弃吧。”

这时，冷不防地从别处传来一个声音——“确实，一看就知道抢不赢这位姐姐呢。”

我抬头一看，只见石狮子旁边站着个白发男人。他一边收起摊开的体育报，一边笑着说：“我的耳朵很灵敏吧。”

他距离我们十米开外，竟然都能听到我们说话，这听觉实在太好了！我由衷地感到佩服。

“喂，大叔今年贵庚？”茧美探出脑袋，加重了语气说道，“你年纪肯定比我大吧。我二十六岁，你的岁数是我的两倍？还是三倍？怎么能随便叫姐姐呢！”

老男人挠了挠头，算是认输，随即又苦笑道：“不过，我总不能叫你‘小妹妹’吧。”

“哼。”茧美缩回探出的脑袋，转向我，“如果对方不肯跟你分手，你知道怎么做吗？”

“怎么做？”

“你就拿出一个出其不意的东西，对她说‘要是我把这个吃了，你就跟我分手好吗？’”

“‘出其不意的东西’是什么？”

“狗屎、铅笔、电话本……什么都行。总之，就是要让对方觉得心寒，‘你为了跟我分手，竟然不惜干这种事！’你自己想想吧，你愿意和一个吃狗屎的家伙交往下去吗？”

那个白发男人像石狮子一样站着，突然插嘴说道：“说不定……这样反而显得有个性，更让女人着迷呢。”

我惊呆了。这个人简直就是偷听狂啊！

“这样吧。”茧美从公寓的沙发上站起身，从乌黑锃亮的挎包里掏出一张小纸片，“如果这个男人挑战成功，你就跟他分手。”

“那是什么？”广濑明梨皱起眉头，眉间的竖纹使她显得苍老。

“那是什么？”我也忍不住问道。

广濑明梨夺过纸片，看了一眼。

“这是什么呀！”她脸上露出惊讶和愤怒的神色。见她要扔掉纸片，我连忙凑上前去，只见上面写着一行潦草的字：五周年纪念庆典！巨无霸拉面大胃王挑战赛！

“这家店就在附近。传单是刚才来你家的路上拿的，不如就用这个来替你做决定吧。三十分钟内全部吃掉的话还免费呢。”

“什么乱七八糟的。”广濑明梨尖着嗓子嚷道，“为什么要用这个来替我做决定？”

茧美不为所动。她那昂首挺胸、岿然站立的英姿，颇有橄榄球运动员的霸气——不管谁来挡道，都要把你撞得人仰马翻。

“喂，你好好想想。我可是把自己的终身大事押在这个巨无霸拉面上了哦。光明磊落，拿得起放得下。而你呢，优柔寡断，神经兮兮，怪不得会落得这种下场……”

“什么下场？”

“你心爱的男人被怪兽一样的大块头女人抢走了呀。”

广濑明梨气得横眉竖眼，原本端正秀气的鼻子也因为情绪激动而鼻孔大开。“喂，星野，你真要和这样的女人结婚吗？你真的愿意？”

“他当然愿意啦，对吧？”茧美得意洋洋地说。

我顿时语塞，但还是一口咬定：“嗯，没错。”

“这不可能！”

“正因为不可能的事随时会发生，活着才有意思嘛。还有，你是不是觉得，大块头女人不能结婚？”

“你是有什么把柄落在她手上吗？你欠了她钱？如果是欠钱的话，我会尽量帮你还的。”

“谁说欠钱的，别那么自作聪明好不好！”茧美的语气就像小学生吵架一样。

我也开口了。

"没这回事，我是真的要和她结婚。"我说得理直气壮，然后顿了顿，朝茧美瞥了一眼，接着说道，"因为我爱她。"

茧美噘起嘴，瞪大眼睛，脸上浮现古怪的神情——很可能是在咬着口腔内的肉以防笑出声来吧。她"啪啪"拍了两下大手掌："那我们马上出发，去那家拉面店吧。现在才傍晚，但应该能吃得下吧？"

接着，她又对广濑明梨说了一番鼓舞士气的话："喂，你俩是在摘草莓时认识的吧。规定时间里草莓任摘任吃，是不是很像现在用来决定分手的限时大胃王比赛？这就叫命中注定啊！"

女人往往会屈服于"命中注定"这个词。虽然茧美的这番话不过是充满偏见的一派胡言，广濑明梨却显然被"命中注定"击中了——既然是命中注定，那就只能认命吧——她向前迈出了脚。我也跟着走向门口，但忽然想到自己再也不会回到这里了，心中不禁涌起一种异样的感觉，就像透明的玉石上出现了一道裂痕。这道裂痕出现在我心里，不痛也不痒。我环视广濑明梨的房间，回想起第一次来这里的情形，感觉眼角有些湿润，连忙摇了摇头。

说是五周年纪念庆典，拉面店里却颇为冷清。走进店里，迎面就是一张L字形的吧台，周围摆着几张桌子。店内以黑色为基调，装修有点类似时装店或美容院。墙上没有贴菜单，桌上也没有摆放乱塞一气的筷子筒。一走进店里，茧美就批评道："这店真是假正经。"我也深有同感。店里比从外面看起来更宽敞，桌子却摆放得像一个个孤岛。这已不仅是"假正经"的范畴，而变成某种前卫艺术了。我们在右边最靠里的桌子旁坐下。

“欢迎光临。”出现在我们面前的店员，是个瘦高个儿的小伙子，身穿黑色衬衫。这服装太一本正经了，不够接地气，感觉跟拉面店的风格很不协调。他把三只造型精致的杯子放在桌上，递上了菜单。

“巨无霸拉面。”茧美粗声大气地说，并没有接过菜单。

黑衬衫店员听到这简洁有力的回答，不由愣了一下：“您三位都是吗？”

“‘三位’前面就不要加‘您’啦。‘您三位’‘您三位’的，那四个人的时候怎么称呼呢？巨无霸拉面，就这个男人吃。你觉得我像是会吃这种东西的人吗？”茧美一边说，一边用食指敲着桌面。

那店员一定是拼命忍住才没说出“像”来。

他毫不气馁地继续问道：“那另外两位要点什么呢？”

“来杯水就行。喂，喝水就行吧？”茧美说道。广濑明梨被她的气势镇住了，也点了点头。

“可是……”店员支支吾吾地说。他大概是想提醒说——来店里的客人都必须点些吃的。

“这家伙要挑战巨无霸拉面大胃王。我们是来观战的。既然观战，怎么能一起吃呢？光看不吃不行吗，真是小气。就因为你们这么小气，店里才这么冷清。”

吧台对面一个貌似店老板的男人冲这边大声说道：“喂，这位客人，说话不要太过分。如果没事找事，就请你出去。”

吧台前有个穿西服的客人，被他吓得耸了耸肩。

"对不起。"茧美干脆地道了歉，但显然没有诚意，"好了，快开始吧，巨无霸拉面呢？"

店员的脸上没有一丝笑容，不过倒也按捺住了怒火，回应道："您点的是巨无霸拉面，没错吧？"

"这么假正经的店，怎么偏偏起'巨无霸拉面'这么俗气的名字呢？"茧美小声嘀咕。我条件反射式地点点头。"就是嘛。"广濑明梨也表示赞同。

黑衬衫店员把电子钟搁在桌上，板着面孔说道："用这个钟计时。三十分钟。"说完，他就转身回吧台了。

"好嘞！加油啊！"坐我旁边的茧美猛地拍了下我的肩膀。毫不夸张地说，我觉得像被某样重物击中了一样。

坐在对面的广濑明梨绷着脸，都到这份上了，仍在喋喋不休地嘀咕："这也太荒唐了。哪有用这个来决定要不要分手的！"

"你可真啰唆。"茧美从外衣口袋里取出个小盒子，将它打开——里面铺着一块高级绸布，绸布上放着一支金色掏耳勺。她右手拈起掏耳勺，左手关上盒子，掏起了耳朵。发现广濑明梨正盯着自己，她便责问道："掏耳朵，不行吗？"

"没说不行。"广濑明梨眨了眨长睫毛下的眼睛，"你这样子看起来很妩媚。"

"啊？你白痴呀？我怎么可能妩媚？"茧美压低嗓门，说得仿佛恐吓似的。接着，她把手伸进乌黑锃亮的挎包里。我立刻猜到她要拿的是一本小词典，因为见她从包里掏过好几回。她熟练地打开那本颇有年头的破旧词典，翻到某一页，指给广濑明梨。

"你看，我的词典里没有'妩媚'这个词，对吧？"

她的词典里，有很多地方都用黑色万能笔涂掉了，她时不时就会翻给我看。“常识”“体贴”“礼仪”“烦恼”……这些词条都被涂成了黑疙瘩。我心想：她随身携带词典和她是混血儿这两件事，不知道有没有关联？不过，混血儿一事还没经过证实。

广濑明梨显然怔住了。“呃，嗯……”

“对不起，让您久等了。”

听到“咚”的一声时，我还以为有人往桌上搁了个公文包。定睛一看，才发现是巨无霸拉面来了。别说我，连广濑明梨都发出了一声惊叫。那个大海碗，就像小圆桌那么大，里面盛满粗条拉面，不知道是几个人的分量，面汤也满得几乎溢出来。

“这简直是……”我一时说不出话来，感受到了站在巨石和大河面前的震撼。

“比我想象的还夸张啊。”茧美面露惊讶之色，舔了舔嘴唇。

“怎么可能吃得完？”广濑明梨苦笑着说，显得有些焦躁。

“可以开始了吗？”店员仍然是一副毫无热情的冷面孔。这么一说，我想起来：茧美的词典里也没有“热情”这个词。

“这个，如果吃不完的话要多少钱？”茧美才想起来要确认价格。

“三千日元。”

“太贵了！”茧美瞬间提高嗓门，“简直就是敲诈！”

“我想，你们应该是清楚这个价格才点的吧。”

“开始！”店员一声令下，同时也按了电子钟的按钮。我拿起筷子，看着眼前的大海碗发愁，仿佛站在一片大海前，不知该从哪里开始游起。

这时，一句老掉牙的格言从我嘴边冒了出来：“千里之行，始于足下。”

“啊，这话是我爷爷说的呀。”茧美凌厉的目光直扫过来，“想不到竟然流传这么广。”

“又不是你爷爷原创的。”我说道，心中还闪过一个念头：如果她真是混血儿，她爷爷又是哪国人呢?

“当然是我爷爷原创的！难道你想说他抄袭了别人？”

为了息事宁人，我没再搭话。

我用筷子夹起面条塞进嘴里。面太烫，我立刻吐了出来，但嘴里已经被烫伤。

“真恶心。”茧美嘲笑起来，随即打趣说，“快吃，不然咱俩就结不成婚了。”我心无杂念，只管一个劲儿把面条塞进嘴里。我没有闲工夫优雅地吹气，给面条降温，只是义无反顾地往里吸，烫伤也在所不惜。然而，这面条并不是嚼完就能立刻咽下去的，塞进嘴里的量、咀嚼的量和吞下去的量出现了差异，导致面条滞留在口中。甭提说话了，连呼吸都觉得困难，右手拿着的筷子还和面条纠缠在一起。

“从没见过这么恶心的吃相！”旁边传来茧美的声音，但我无暇看她。

“我说你呀，看到这男人的这副模样，肯定死心了吧？就算是千年之恋也该清醒了吧。这传单上应该这么写——巨无霸拉面，唤醒千年之恋！”

别说茧美，就连广濑明梨的表情我都无暇去看。不知道她是满脸怒气，还是眉头紧锁，或是对我的狼狈报以同情？抑或一本正经地纠结于千年之恋？又或许，她坐在这里仅是为了给我俩之间的恩怨做个了结？

我放下筷子，一边剧烈地咀嚼，一边抓起杯子，想用水把嘴里的东西冲下胃里去，已经不觉得那是拉面或任何其他食物了。

过了好一会儿，我才注意到桌子附近，隔着些距离的地方有张双人桌，那一桌的客人也在挑战巨无霸拉面。不知道他们是早就在那里还是后来进来的。我陷入与拉面大军的苦战之中，有些神志不清。碗里冒起的热气模糊了我的视线，让我看不太清。不过，那桌上也赫然放着一只类似的钟。

我放下筷子稍作休息时，又朝那张桌子望去。

桌旁坐着一男一女。

男的其貌不扬，浮肿的单眼皮让他的表情显得很忧郁，一副无精打采的样子。他那张脸，活像一只发育不良的茄子。他身上穿着的夹克衫似乎是名牌，但尺寸太大，显得很不合身。他摆出拼命的架势，埋头吃着巨无霸拉面。大概是塞进嘴里的面条太烫，他慌忙吐了出来。那样子确实丑陋不堪。

在旁边单肘托腮看着他的，则是一位美女。她的耳朵、脖子、手腕、手指上都戴着昂贵的首饰，身上的服装也很雅致，洋溢着尊贵。我忽然想起曾经和广濑明梨讨论过的话题：是选择适合自己而价格便宜的项链，还是不适合自己但价格昂贵的项链？想到这里，我忍不住看向那女人身旁的挎包，上面贴有闪亮的名牌商标。我想确认一下包里有没有插着象牙。我猜不出这个女人到底是做什么的：说是夜总会里的小姐吧，又少了些许风尘气；说是模特吧，气质又不太相符。

这两人并不像情侣。很可能男方是一厢情愿。女方则在利用男方，即便算不上诈骗，也是利用他的爱慕之心而获利。获得什么呢？也许，正是她身上佩戴的高级首饰，或者是钱。反正这两人看上去很不般配。

我正胡思乱想时，忽然听到那汗流满面的男人大声发誓道："我一定能把它全部吃掉！"他边吃边说，所以嘴里的面条喷得满桌都是。

"哎哟，别这样。太恶心了！"那女人叫出声来。

坐在我对面的广濑明梨也好奇地转过头去，这才注意到那两人的存在。

"喂！"茧美叫住碰巧从旁边走过的店员，大声问道，"那家伙刚才把面条喷到桌上了，这是违规的吧？"

那男人听到有人质疑，不由板起面孔，拼命拈起喷到桌上的碎面条塞进嘴里。这种吃剩饭的行径，让旁边的女人明显不快。

"才那么一点儿。"店员面无表情地回答，"没关系吧。"

"哼。"茧美冷冷地应了一声。

不能一直这么歇着看热闹。我面临和他一样的困境，居然在这种关键时刻开小差。我重新抓起筷子，虽然只是一会儿工夫，面条却已经涨得更粗了……

我端起杯子喝水，把嘴里的东西冲下肚子里。

"还是歇会儿吧……"广濑明梨十分担心。她的体贴几乎让我感动得落泪。

“不，没事。”我回答道。不过，连我自己都能感到脸色渐渐苍白起来。而大海碗里还剩下许多面条。我惊愕不已：好像根本没变少嘛！我用筷子夹起面条，还没举高就溜回到了碗里。我已经吃不下了，不要再塞进来了——我的身体无比抗拒。体内积满了沉渣，那是精神上的沉渣，是出于对拉面的厌恶而产生的。我用筷子顺着面条，气喘吁吁。

“你瞧，这家伙这么拼。”茧美指着我，向广濑明梨瞥了一眼，“难道你体会不出来，他多想和你分手吗？”

广濑明梨恶狠狠地瞪着茧美，那眼神就像看见了杀父仇人。随后她又望向我，脸上露出被亲人背叛的凄然神色，似乎在质问我：“你就这么想和我分手吗？”

我只觉得胸口疼痛难忍。

“嗯……”广濑明梨幽幽地说，“之前我也说过，男人呀，为什么总对美女缺乏抵抗力呢？”

我抬起头，不知道她为什么说这些话。

“之前跟我交往的男人也一样。”

“你是指那个‘小迪士尼’吧？”茧美冷笑道。

“每次电视里有女明星出场，他就看呆了，连鼻孔都张得很大。星野，你有时不也会对着屏幕上的女明星发呆吗。”

“不会。”我回答道。

“什么不会，你可相当留意呢！”

“不是这样的啦。”其实我只是留意某个特定的女明星。而且，那也是有原因的。

“男人呀，到头来还是会被外表蒙骗……真让我失望。”

"不是的。"我固执地反驳,"证据就是,我要和她这样的人结婚。"我瞟向茧美。

茧美装模作样地扭动身子,说道:"确实男人就是对美女缺乏抵抗力。别看我这么大块头,腰还是挺细的哟。"她用手在腰部按了一下。

离规定时间还有十分钟时,我的吞咽速度明显慢了下来。虽然没有放下筷子,面对大海碗,我却只能一动不动地深呼吸。我感到喉头有东西在往上涌,连忙捂住嘴巴。一股温热的液体几乎涌上来,不过还是被我咽回了食道里。广濑明梨站起身,说道:"没事吧?不要硬撑。"茧美却制止道:"小星野,吐出来的话就算输了哟。咱俩就结不成婚了哟。"

我点点头。至于为何要在这里拼死吃拉面的问题,已经被我抛诸脑后了。只是一想到自己要坐上"那辆巴士",一想到说着"多娜多娜,请多关照"而被带走时,就觉得胃部直打哆嗦,脊背也因恐惧而汗毛倒竖。此刻,我必须抛开这些杂念,一心一意想着拉面。

那一桌客人和巨无霸拉面的战争也仍在继续。那个单眼皮、茄子脸的男人盯着大海碗,呼哧呼哧地喘着粗气。我无暇仔细观察,稍微瞥了一眼——他的碗里似乎还剩许多面条。

我心想:这呼哧呼哧的喘息声真难听啊。可我忽然意识到,这喘息声是我自己发出来的。我放下筷子,喝了口水。茧美不耐烦地看着我,叹了口气,嘲笑道:"你真不中用。"

过了一会儿,双人桌边的那个女人站起身来。

“怎么啦？”男人一边咀嚼面条，一边问道。我也有些好奇，不知发生了什么事。那女人故作可爱地说道：“面汤好像溅到我身上了。”随即，她掏出手帕，使劲拍打白衬衫的袖子。

“啊，对不起。”茄脸男想要起身时，嘴里又有面条喷射出来。他弯腰去捡面条，不料“咚”的一声撞到桌子上。茧美见状，不由笑出声来。那女人擦完袖子，娇滴滴地说道：“你继续吃吧，我去洗手间洗一下。”她面露愠色，转身走向洗手间。

“又不是很脏，就一点点污渍嘛，有什么好生气的。”茧美冷冷地嘀咕，随即又冲着茄脸男说道，“她该不会脱了衬衫在那里使劲搓洗吧？喂，我跟你说话呢！”

“哦？”茄脸男手拿筷子转向这边，一脸茫然。

“哦什么呀。我说，你俩是不是约好了：要是你能吃完这碗面，她就答应跟你交往？”茧美直言不讳地问道。

我一边来回打量茧美和茄脸男，一边从大海碗里捞起面条，小口小口地吸进去。

“要不是这样，你就不会拼命在这里吃巨无霸拉面了吧？”

“她没答应交往，只是说好吃完一起看电影。”那男人回答。他满嘴拉面，说话含混不清，果然傻乎乎的。

“啊，你没骗我吧？”茧美长叹一声。

我担心店员会过来，但眼下也管不了了，只顾就着汤匙舀面汤喝——那感觉就像是用汤匙舀湖水一般无助。

“为了一次约会，你就来吃这么难吃的拉面？话说回来，你在那女人身上到底花了多少钱？”

茧美确实很无礼。但我无暇他顾了，兀自吸入拉面，把它们嚼烂，同时哄骗自己的嘴和胃——这不是拉面，是别的东西，能帮助消化肚子里的拉面，是对身体有益的东西。

那男人放下筷子，似乎在擦汗。“这个嘛……”

我望了过去，发现他下巴上粘着碎面条。这副邋遢模样，反而令人同情。

“这个嘛……到底花多少钱来着……”他是个老实人，竟然打算回答这种根本无须回答的无礼问题。他说出了一个惊人的数额，还没开始交往，就把这么多钱花在女人身上，显然不合常理。连广濑明梨也惊叹不已：“这么多？”

我十分惊讶，想说：“这也太过分了。”但感觉嘴里的面条就要喷涌而出，于是闭上了嘴。

那男人满脸通红，并未反驳，只是重新拿起筷子，瞪着大海碗。

“喂，说句实话吧，你再怎么努力也是白搭啦。”茧美粗声大气地说道。

那男人嘟囔着说了句什么。

“你说什么？我听不见呀。”茧美的声音虽低却颇有气势。

那男人脸色苍白，端起杯子喝了一口水，然后说道：“我也知道不可能。我已经吃不下了。像我这种饭量小的人来挑战大胃王，本来就是错误。”

茧美摆摆手。“不，不，我说的不是巨无霸拉面。我是说你不可能泡到那个女人啦。就算你不管不顾地吃完那碗拉面，她也不会对你有任何好感。就算你俩说好去看电影，她也会找各种借口推掉，准是这样。喂，你也这么想吧？”茧美忽然转向广濑明梨，向她征求意见。

广濑明梨对“喂”的招呼方式颇为不悦，但还是立刻答道：“嗯，有可能。那个女人大概……就是这种类型。”她皱起眉头，斟酌着措辞，往洗手间的方向望去。

“你看，还是旁观者清吧。用这种地狱拉面来考验你，不是为了折磨你，就是为了寻开心。不管你能不能过关，她都不会跟你好的。”

店门开了，有新顾客走进来。老板在吧台里打招呼，店员快步迎上前去。

“说不定，那女人会把这事作为战果到处宣传呢！逢人就说：‘有个男人被我迷得神魂颠倒，居然为我去吃这么大一碗拉面，嘻嘻。’一开始我还以为她想借此机会甩掉你呢。不过，从她刚才娇滴滴的声音可以看出，她还是一心想对你卖弄风骚，继续利用你吧。”

“那也无所谓。”茄脸男提高了嗓门，“其实她怎么看我，我心里很清楚。”

“那你还来挑战这巨无霸拉面？”

茄脸男的脑袋耷拉下去。可当他抬起头时，表情又变得开朗了些。他说：“我只是想争口气而已。”

“争口气？”广濑明梨反问。

争口气？我也不自觉地停下筷子，被他的话吸引了。

“她以为我肯定吃不下，所以才答应吃完一起去看电影。”

“被我全说中了呀。咦，原来你也不傻嘛。”

“我想让她知道什么叫大跌眼镜，让她别把男人看扁了。”

“唷！”茧美发出赞叹声，随即又嘲笑道，“可最后你还是没吃完呀。”

这时，我脑海里忽然浮现出第一次去广濑明梨家的情形。从摘草莓认识那天算起，这是我俩第三次约会。她说：“我不会用电脑，你来帮帮忙吧。”我则理解为她故意找借口让我去她家。因为，之前跟我交往的女人当中，也曾经有人以类似的借口邀请我，说不知道游戏机怎么接线，我去到她家时，却发现游戏机早就装好了，还没等我开口质疑，我们俩就进了卧室……有了前车之鉴，这次我有些犹豫，但我发现广濑明梨似乎真的不懂电脑。

“这电脑是我弟弟不用了才送给我的。但他的服务太不周到了——没有说明书，而且你看，好像还需要安装些什么东西吧。他一定认为我不会用才送我的，有些男人就是瞧不起菜鸟。”

“是有这种人。”

“我弟弟就是，觉得自己了解很多信息、电脑技术高超，老摆出一副高高在上的架子。最烦这种人了。我憋了一肚子气，非得让他大跌眼镜不可。”

噢，原来她还有个弟弟。我对她的过往经历一无所知，只能凭空想象，用脑海里那只无形的手去抚慰她一直以来的愤懑与坚持。然而，那只是一团模糊不清的东西，白茫茫的一片，让人难以捉摸。我想：如果和她在一起的话，这些模糊不清的想象应该会渐渐浮现出清晰的轮廓吧。这么一想，心中不由充满了期待……

我长长地呼出一口气，捧着胀鼓鼓的肚子，伸手想去松开皮带，却发现皮带早就松开了。能做的已经全都做了。我双唇紧闭，以防身体里的拉面倒流出来。我觉得自己俨然成了关东煮里的豆腐包，一张嘴，里面的东西就会喷溅出来。就算闭着嘴巴，一直这么待下去，身体里的面条和面汤也会像汗水一样从皮肤和头发渗出来。

我盯着大海碗，然后看了看钟，又朝广濑明梨瞥了一眼。她看着碗里剩下的面条，柔弱无力地微笑道："照这势头，说不定能吃完呢。"

时间还剩五分多钟。从分量上来说，吃完剩下的面条并非绝无可能。但我知道，已经不行了。明知道已经到达极限，我仍然哄骗着自己的身体和脑袋，把拉面塞进嘴里。但现在确实已经塞满了，体内再无一丝空隙。别说三口，就连一口也吃不下去了。我只觉得脚下虚浮，身体摇摇晃晃，仿佛是即将倒下的拳击手。我知道，如果没发生什么特别的事——比如，一个神圣的男人从天而降，偷偷来到我身边，瞒着店主，小声对我说："把拉面给我，我帮你吃掉吧。你辛苦了！"——如果没有这种神奇的事发生，那这碗拉面肯定是消灭不了了。

广濑明梨会怎么办呢？她会欣然履行赌约，对挑战失败的我说"咱俩不分手了"，还是会说"管你打不打赌呢，像你这样丢人现眼的男人，我早就受够了"？说不定茧美的目的就在于此。无论"巨无霸拉面战"结果如何，无论挑战是否成功，都无关紧要，关键是要把我丑陋的吃相暴露在广濑明梨眼前，让她对我绝望。和茧美之前所说的"吃狗屎战术"异曲同工。

不过，仍要拼尽全力。我用力抓着筷子，坐直身体，把脸凑到大海碗前，打算继续苦战时，感觉到胃里的东西几乎要喷涌出来。

“哇……”我连忙用手捂住嘴巴。抬头一看，双人桌旁的茄脸男正好映入眼帘。

那个女人还没回来，大概在补妆吧。茄脸男气喘吁吁，脸色苍白，眉头紧皱，一副心有不甘的样子。我目不转睛地望着他，忽然冒出一个念头。

“喂。”我朝茧美唤了一声。她听到粗鲁的招呼声，不由得眨巴起眼睛，随即怒目而视，说道：“干什么？快吃你的拉面！”

“喂，你去一下洗手间。”

“啊？洗手间？你怎么知道我想去尿尿的？难道即将成为夫妻的人都会这样心有灵犀？”她挖苦似的说着，摆出一副少女忸怩状。

“不是。”我语速飞快地说着，唯恐食物会从嘴边溢出，“你到洗手间外面，要是看见刚才那个女人出来，就想办法拖住她。”

“凭什么我要听你的？”

“别问了，拜托。可以吗？”

茧美显然很不高兴，但也没再说什么。估计不是被我的气势镇住了，而是她本来就想上厕所吧。她站起身来，叮嘱一句：“喂，你该不会故意把我支开，想跟这个女人密谋什么勾当吧？”真不愧是老江湖，我都没想到这么多。虽然可以创造这样的机会，不过我并不打算这么做，而且眼下也没有余力了。

店员走向刚进店里的客人，准备为他们点菜。我见状催促茧美道：“你快去！现在马上！”茧美很不情愿地离开了。她那庞大的身躯走动时，店里的空气顿时波动了起来。

我站起身，用尽最后一点力气，挺直腰板站稳了。我有一种错觉，仿佛面和汤顺着自己的皮肤滴滴答答地落在地上，就像刚从浴缸里爬起来时浑身淌着水一样。

“你怎么啦？没事吧？”广濑明梨担心地问道。我无暇回答，只是拖着脚步，艰难地来到那张双人桌前，顺手把旁边的椅子挪到茄脸男身边，坐了下来。

“咦？”他吃惊地看着我。我没空搭理他，自顾行动起来。

我把他的大海碗拉过来，举起手中的筷子。“上吧！”我下定决心，毅然张开嘴，把大海碗里的面条往里塞。不能犹豫，要趁身体还来不及抗拒之前，一口气塞进胃里。我不计后果，拼命地把面条往喉咙里塞着。

其间有一两次，我感到胃部的食物倒流，直涌上喉咙。但我不能停下，一个劲地动着筷子，甚至直接把嘴贴到碗边喝面汤。这面汤喝进去，竟然没从我的耳朵和鼻孔喷出来，真是不可思议。我把大海碗“咚”地放回桌上，随即又站起身，把坐过的椅子推回原位，然后以弯腰爬行的姿势回到自己座位上。

我知道，广濑明梨正惊讶地看着我。我俩四目相接的一瞬间，我却说不出话来，只是仰着肚子，呼哧呼哧地喘着粗气，仿佛临产的孕妇正在忍受阵痛似的。

过了一会儿，那个女人出来了，回到茄脸男身边，说道：“我被刚才坐在那边的大块头女人盯上了。不知道她是什么来头，怕是外国人吧？人高马大的，又长着一头金发，怎么看也不像日本人。”看她说话的样子，似乎是故意让我们也听到。然而，她刚坐定，就瞪圆了眼，发出一声惊叫：“啊，你吃完了？不会吧。刚才还剩很多的呀！”

她有些惊慌失措，仍然不忘故作可爱。这点令人欣赏。

茄脸男板着面孔，把视线转向这边。我不为所动，用呼吸法抑制住拉面的倒流。

“你男人一鼓作气地吃完了。”广濑明梨对那女人说道。

我感到一阵欣慰，强忍着点了点头。

不过，我已经顾不上去看那女人的反应了，因为连点头都觉得吃力。

“哦，是吗，吃完了呀。”那女人嘀嘀咕咕地说着没意义的话，也不知道是表示认可还是疑问。

茄脸男大概是个老实人。他支支吾吾地说道：“其实……嗯……”似乎很想交代我拔刀相助的事，但最终还是没有说。他知道，如果说出来，我的努力将变得毫无意义。

茧美回来了。“嘿嘿，没想到一进厕所马上就有了感觉，还来了泡大的呢。这就是所谓的条件反射吧。对了，你吃完了吗？”她看了一眼摆在我面前的大海碗，大声嚷道，“不行啊，你真没用。”吧台那边立刻传来店员的声音：“这位客人，请保持安静。”

“吃面怎么可能安静呀！”茧美反驳。

这时，桌上的计时器响了。时间到了。

我坐在椅子上，感觉像“咕嘟咕嘟”淹没在水里似的。我努力调整呼吸，鼓起勇气，对双人桌旁的女人说：“这家伙干得不错，是个靠谱的男人。”说完，我立刻闭上嘴，以防面条从食道逆流涌出。

“是你帮那家伙吃掉拉面的吧？”茧美问道。

我们已经离开了店，和广濑明梨在公寓前告别。虽然我还是觉得浑身充塞着拉面，但总算走得动了。外面天色渐暗，路灯亮了起来。

“你在说什么？”

“一开始，我以为那个窝囊废真把拉面吃完了，吓我一跳，还佩服他原来有两下子呢。不过我很快反应过来：是你帮他吃掉的。”

我没有承认，也没有反驳。反正无所谓了，而且我自己也说不清为何这么做。

最后，广濑明梨还是同意跟我分手了。从巨无霸拉面的结果来看，她完全可以用我挑战失败为由，坚持不和我分手。然而，我们走到公寓前时，她却一脸释然地说：“那就分手吧。”这使我大吃一惊。

茧美听了喜出望外，使劲点了点头：“就是嘛，吃得这么难看，最后还没吃完，倒赔了三千日元。任谁看了都会傻眼吧。你终于也发现这个男人多丢人了吧？”

“不是的。”广濑明梨的表情从容自若，没有丝毫激动。她直勾勾地盯着我，微笑着说道：“我发现，你果然是个好人。我也再次确信，你是个不可思议的人。”

“你说他是好人？不可思议的人？他就是个傻瓜，大傻瓜，简直缺乏生存能力。”茧美插嘴道。广濑明梨根本没有搭理她，继续说道：“所以，如果这样能让你幸福，那我们就分手吧。”

直到这个时候，她也许还在期盼我回心转意，期盼我向她说出这样的心里话：“和你分手并不能让我幸福，其实我并不想分手。”可是，除了分手，我别无他法。

“这女人大概被你感动了吧。你在拉面店里做了什么事能让她感动呢？虽然我没看见，但可以想象：什么事会让她感动呢？我立刻猜到，说不定是你帮那个窝囊废吃光了拉面呢，你用尽自己最后一丝力气去帮那个男人吃面。”

“原来你挺有想象力的嘛。”

“怎么可能有！”在暮色渐沉的人行道上，她停下脚步，从挎包里掏出那本词典，在路灯下翻开，指给我看——“想象力”这一词条被涂黑了。

“想象力丰富的家伙是没法生存的。如今这世道，太多事情应付不过来了，还是什么都不要想为好。比如说，你对‘那辆巴士’了解多少？”

一听到这话，我觉得渐暗的天空仿佛向头顶直压下来，我像被关进一个天花板低矮的狭小世界里。这种窒息感和恐惧感，使我的胃部隐隐作痛。

“大概就像金枪鱼渔船那样？”我说出了自己的想法。

茧美听了一笑置之。这笑容不是鄙视，而是发自内心的怜悯。“金枪鱼渔船根本就是小巫见大巫嘛。”她只说这么一句，不肯进一步细说了，接着话锋一转，“对了，那个叫广濑明梨的女人，还挺自作多情的。虽然说了分手，其实还在等你回到她身边呢。”

“有可能。”

“说不定，她只是担心继续纠缠不休会惹你讨厌，所以装出一副通情达理的样子来。”

“有这种可能。不过，我好歹和她告别了。就算我从此一去不回，她也可以接受吧。比起我等母亲回家时的那种孤独无助，要强多了。”

沿昏暗的道路往前走时，经过的年轻男女不时会把目光投向我们。大概是对茧美庞大的身形感到好奇吧。

我忽然感到一阵尿意。附近又没有厕所，我只得跑到电线杆前，背对着大马路，拉开牛仔裤的拉链。站在一旁的茧美嘲笑道：“你不会尿出拉面来吧？”我觉得很有可能。

这时，我忽然想起广濑明梨说“猎鹿，这我能理解”时的表情。那一天，我们初次相见。她坚持认为：“‘赏红叶’这种说法很奇怪，奇怪得不得了。”当时我看着她，感到一阵温暖，幻想着有一天能和她一起去赏红叶。最终，这个愿望也没能实现。

尿飞溅而出，像是深夜里响起的骤雨声一样，噼里啪啦地打湿了地面。我听到茧美在问：“接下来，要跟哪个女人告别？”路灯下，她用笔在词典上涂划着什么，不知道又删掉了哪个词。

二

“你看过《法国贩毒网》这部电影吗？吉恩·哈克曼扮演的警察和贩毒团伙斗智斗勇。故事情节很老套，却有一种特别的深度，挺像神话的。电影里有这样一个情节：有人在大街建筑物的楼顶上用步枪瞄准警察……”

这个男人没等霜月理纱子回答，就讲起了电影里的场景。他是如此热爱这部电影，以至于两眼放光，唾沫横飞。对方有些不耐烦，但见他满脸歉意却仍坚持要把电影情节说清楚的模样，倒也没有太反感。

“吉恩·哈克曼扮演的警察在追捕犯人。犯人逃往车站。因为是走高架的电车，所以车站位于高处。警察沿着楼梯爬上站台，但犯人坐上电车逃跑了。于是警察又立刻跑下楼梯，回到路面。他想开车去追那辆电车，手上却没车。于是他站在车行道上，拦住行驶过来的车辆，大叫‘停车！’，并出示了警察证件。一开始的两辆车闪避过去，开走了。下一辆车过来时，他直接拦在车的正前方，打死也不让它开走，这才把车拦了下来……”

“然后，那警察把司机一把拽下车，自己抢过车来，沿着高架的正下方行驶，追赶头顶上的电车，就像在飙车一样。”霜月理纱子接过了话茬。

男人一下愣住了，脸上仿佛被豆子击中似的，怔怔地说道：“哦，原来你也看过呀。”

“这么有名的电影。和《驱魔人》是同一个导演吧。”

“我刚才讲得这么辛苦，岂不像个傻瓜一样？”那男人站在路边的面包车旁，和手握方向盘的霜月理纱子隔着车窗聊天。

“不过，你说得跟身临其境似的，很刺激，让我又想起了那部电影。”霜月理纱子微微一笑，上下打量着这个男人。他三十岁左右，既不算小年轻，又不算中年人。短头发，高鼻梁，大眼睛，大耳朵，五官长得不算匀称，但蛮有个性的。这就是霜月理纱子对他的第一印象。说实话，当时她已经被这个叫星野一彦的男人吸引了，自己却没有意识到。

自从五年前和丈夫离婚之后，霜月理纱子就把心思放在抚养孩子和工作上面。在她看来，对某个男人产生好感，不过是件徒劳无益的麻烦事。打个比方，就好像钢琴家每天不练琴，却沉迷于打游戏一样。也许，她潜意识里认为——应该把所谓的爱情隐藏到内心深处。

星野一彦似乎把“说得跟身临其境似的”这句夸奖的话当真了，继续讲起电影来。他是如此热爱这部电影，以至于一讲起来就两眼放光，唾沫横飞，令人感到厌烦。

星野一彦兴奋地讲完了“警察开车追犯人”的惊险场面。“最后，吉恩·哈克曼在车站里找到了犯人，然后……”星野一彦摆出举起手枪的姿势。

“喂，叔叔，你想干什么？”霜月理纱子的儿子海斗从后排座位往前探出身子，语气显得很没礼貌。

“海斗！”霜月理纱子责备了一句，然后问星野一彦，“你怎么一直在纠结这部电影呢？”

霜月理纱子是在五分钟前才认识星野一彦的。

她带着海斗去大超市买菜，准备回家做晚饭。一路上，她沿着单侧双车道向前行驶，忽然看见一个人站在路中间，背对着她的方向，似乎没有注意到后面有车开来。霜月理纱子的面包车差点儿撞上去。她猛踩刹车，好不容易才把车停住，因为受了惊吓，一时愣住了，无法动弹。她慌忙回头看看后排座位上的海斗，见儿子若无其事地坐着，才放下心来。这时，她不禁心头火起，打开驾驶位的车窗，声音颤抖地抗议道：“你不要命了吗！”那男人狼狈地走过来，若有所思地说道：“嗯……你看过《法国贩毒网》这部电影吗……”

星野一彦说得正起劲，听到霜月理纱子问他为什么纠结于这部电影，才忽然回过神来。“噢……”他有些难为情地摇摇头，说道，“因为同样的事情就发生在我身上。”

“同样的事情？”

“《法国贩毒网》里的场景。”

霜月理纱子皱起眉头问道：“你是警察吗？”

“不是。我只是普通的上班族。”

霜月理纱子听完，觉得莫名其妙，眉头皱得更紧了。星野一彦挠了挠头，说道:“吉恩·哈克曼为了追犯人，半路上抢了别人的车子……”

“把司机一把拽下了车。”

“你有没有想过，被警察抢走了车子之后，那司机会怎么样呢？”

“当然想过呀。”

“我就是那个司机……我的车被开走了，现在不知道该怎么办。我和别人约好在某个地方等，你能不能载我一程？”

★★

“那些话也是骗人的吧？”在公寓十楼，紧靠电梯的房间里，霜月理纱子把茶端出来，一边放在餐桌上，一边问道。

我拘谨地坐在椅子上，听到她这么问，心中隐隐作痛。一旁的茧美仍是老样子，犹如庞然大物一般，仰坐着，态度傲慢无礼，似乎随时会伸手抠鼻子似的。

“没错，骗人的。这家伙说的话没一句是真的。说什么警察为了追犯人而强行拦车，这种事简直就是天方夜谭嘛。”她的声音就像是狗熊威吓时的吠叫声。

过了好一会儿，霜月理纱子才在我和茧美的对面坐下来。对茧美这个态度傲慢且身形彪悍的陌生人，她大概感到厌烦，也可能是害怕，所以一直看着我，有意避开茧美的视线。不过，就茧美那副身躯，无论你怎么避开视线，哪怕朝反方向看去，也一定会进入你的视野。茧美身高近两米，这么一个庞然大物，仿佛手脚长在气球上一样。她的体形酷似职业摔跤手——屠夫阿布杜拉，脸蛋却出乎意料地可爱，还长着一头漂亮的金发。可她穿着“巴黎世家”的黑色外套，显得英姿飒爽，反而让人觉得有些不协调。

“星野先生，请你再解释一下，这是怎么回事？”

霜月理纱子身材矮小，短头发，娃娃脸，腰板挺得笔直。她今年三十五岁，比我还年长一些。她眼皮下的眸子略带忧愁，再加上化了淡妆，隐隐透出朴素的风情。看见她的眼神，我总有一种既安心又惊喜的感觉。与她形成鲜明对比的，是坐在我身旁的茧美——一看见她，我就胆战心惊，牙根发颤。

“有什么好再解释的。”茧美从小盒子里取出掏耳勺，掏起了耳朵。“刚才已经说过了呀，我马上要和这个男人结婚，觉得要跟你打声招呼，就上门来了。怎么样，我是个大好人吧？如果要做一个‘全世界好人排行榜’，我应该能排到第三名吧。”她张开大嘴巴，大大咧咧地说道，“第一名是特蕾莎修女。”

“我想知道第二名是谁。”我忍不住问道。

“第二名嘛，就是昨天我去的那家肉店的老板，你当时也在场呀。他多给了我一块卖剩的炸肉饼，算得上大好人吧？”

我不知如何作答。照她的意思，如果只评价在世的人，那个肉店老板岂不是排到第一名了？

霜月理纱子朝茧美看了一眼，再次向我确认道：“星野先生，这是真的吗？”语气里带着一丝无助。我差点儿回答说：“她自己乱排的啦。”当然，我很快反应过来，霜月理纱子问的不是“好人排行榜”，而是关于结婚的事。于是我回答道：“是真的。”就算这是假话，其实分明就是假话，我也不能坦言相告。

“所以，以后我们不会再见面了。我是来向你告别的。”

“我说，你的公寓真是豪宅呢！我刚进门就吓了一跳。一个女人带着读小学一年级的儿子，有必要住这么奢侈的豪宅吗？”茧美自言自语地说道，“你是从离婚的老公那里捞到了一大笔抚养费吧？他所在的证券公司好像跟你上班的那家银行属于同一系统吧？”

我忍不住撇了撇嘴，“一大笔”这种说法太俗气了。为了维护霜月理纱子的名誉，我开口解释道：“她离婚的时候，只要了这套房子，没要别的东西，就连抚养费也没要。”

霜月理纱子离婚，是因为丈夫有外遇。据说她当时很受打击，而且极其愤怒，理直气壮地说：“孩子由我自己挣钱来养，不需要你的任何帮助！”虽然她在大银行工作，有一定收入，经济方面没什么大问题，但一个人抚养孩子总归不是件容易的事。作为一个旁观者，我能看出来。

我已经数不清来过这里多少回了。一年半前，我和她因为《法国贩毒网》而相识。从那以后，我们大概每两周见一次面，大多数时候是我来这里，同她和海斗一起吃晚饭。有时吃我买的炸鸡，有时她亲自下厨。大家高高兴兴地吃过晚饭，收拾好碗筷之后，就一起打扑克或看电视。海斗睡着后，我俩有时也会偷偷亲热一下，但并不经常。大多数时候，我俩都是闲聊到深夜，或是看租来的电影。

“能认识你，太幸运了。”霜月理纱子有时会这么说，“也许跟我前夫离婚是正确的选择。”

关于她前夫的事，我几乎从没问过。一来不确定她是否愿意说，二来我也不想知道。

她自己倒曾笑着抱怨说：“那个人老是让我打扮得漂亮点儿，有点儿女人味。他根本想不到，我整天忙着照顾小孩，哪里有时间打扮呢！你不觉得他很自私吗？”

“他可能想和你一直保持那种恋爱的感觉吧。”虽然我没结过婚，但能大致想象出来。

“可是，你不觉得他说‘有点儿女人味’这种话太抽象了吗？而且自以为是。我说‘那你给我买些漂亮衣服呀’，他却一口拒绝说‘没这必要’。其实我也想要个名牌手提包的。”

“想要你自己也能买呀。”

“还没渴望到愿意自己掏腰包的程度啦！”她皱着眉头说，“有人送的话当然高兴。名牌手提包那么贵，价格都够得上买辆二手车了。是不是难以置信？”

“可是，手提包不耗油嘛。”

听完我的冷笑话，她礼貌地笑了笑，伸出手说：“看哪天你买个手提包送给我吧。”紧接着又重复了一句：“不过能认识你，太幸运了。”她脸上露出异样的表情，继续道：“我对人生不抱什么期待，就算每天认认真真地生活，也没什么好结果。同样地，遇到不顺心的事时，我也能认命。渐渐地，也就不再为生活中各种乱七八糟的事而感到期待或失望了。”

“这样岂不是很无聊？”

“生活中没什么令人惊喜的事，我也觉得无所谓。不过能认识你，真是太幸运了。”她又重复了一遍。

听到这句话，我自然心花怒放，同时又颇为内疚。因为除了霜月理纱子，我还同时跟其他几个女人在交往。当她和我聊到名牌手提包时，我甚至想起了曾经和广濑明梨讨论过的话题：一枚适合自己的便宜戒指和一根不适合自己的昂贵象牙，你会选择哪一个呢？

想到这里，我忍俊不禁。当然，这对于霜月理纱子非常失礼。

房间角落里摆着一棵小小的圣诞树。这棵玩具圣诞树差不多到我腰部这么高，上面挂着简单的彩灯和雪花状的棉絮。

这棵树是我和海斗在去年十二月时组装起来的。正上幼儿园的海斗从盒子里拉出彩灯，问道：“星野叔叔，你想收到什么圣诞礼物呢？”

“叔叔是大人，收不到圣诞礼物了。”

“为什么大人就收不到圣诞礼物呢？为什么？”海斗追问道。

我也说不清为什么。

“确实，如果能收到也挺好的。得做个好孩子才能收到哦。你想收到什么圣诞礼物呢？”

他立刻回答：“我想变成咖啡超人！”好像是当时播放的动画片里的角色，关于超人战队的。

“果然是小孩子的伟大梦想。”我苦笑道。

“嗯……不用变成咖啡超人也行，见一面总可以吧。”

“这样啊……”我说，“去看那些咖啡超人秀，应该就能见到。”

“不光是看，我还想跟他们亲近一下。”

“怎么个亲近法？握握手，应该也可以。”

“我想再亲近一点，比如交换下名片什么的。”

我忍不住笑出声来，超人战队未必有名片吧。不过，一个幼儿园小孩居然知道交换名片这回事，真令人称奇。

“你妈妈就经常跟人交换名片哦，她每天都在努力工作呢。”我一边说着，一边从自己的公文包里取出名片，煞有介事地递上去，说道，“我叫星野一彦。”他很高兴地接过去，然后满屋子窸窸窣窣地翻箱倒柜，想找件东西送给我做交换。翻找好一会儿之后，他说：“我的名片发完了。”听到这话，我又大笑起来。

这回忆洋溢着一种幸福。当时，我和海斗说着话，心里想：“明年这个时候，我也会和海斗一起高高兴兴地准备过圣诞吧……”

我根本没料到，自己会带着一个来路不明的大块头女人找上门，对霜月理纱子说：“我要和她结婚，以后咱俩不能再见面了。”

“其实，我挺同情你的。”茧美坐在餐桌旁的椅子上，指着霜月理纱子说道。她晃动着身体，显得很欢腾似的。

“一个离了婚的女人，辛辛苦苦抚养孩子。然后认识了这个单身男人小星野，原以为又能重温恋爱的感觉，想不到这家伙忽然杳无音信。好不容易联系上，却突然找上门来，说要跟这个大块头女人结婚……你肯定很受打击吧！”

“嗯……”霜月理纱子小声说道，“是很受打击。”

“而且，又刚刚发生了车子被撞，肇事者逃逸这样的事，对吧？你的运气真是背到家了。”

“啊？”我发出了惊叫声。

霜月理纱子倒吸一口冷气，看向茧美，又盯着我，问道：“她为什么连这都知道？”

难道他们连这种事都要调查？真可怕。我担心霜月理纱子怀疑我，虽然她可能早就怀疑过了。我语无伦次地解释道：“不是啦，她呀……对占卜和心灵感应这些东西很在行……”

我的身体忽然摇晃起来，坐在旁边的茧美用胳膊肘撞了我一下。这一撞势大力沉，几乎把我推下椅子。我好不容易才坐稳。

“别瞎说！”茧美噘着嘴说道，“我最讨厌占卜、心灵感应这种东西了。”说着，她窸窸窣窣地打开挎包翻找东西。我一下就猜到她要找什么东西。她“哗啦啦”地翻开词典，指给霜月理纱子：“你看，我的词典里没有‘占卜’和‘心灵感应’这两个词吧？你看嘛，这里，这里，没有吧！”

“是用万能笔涂掉的吗？”霜月理纱子问道。她声音有些异样，不知是佩服还是惊讶。

“你是想说，我这么粗的手指画不出这么细的线？”

我身心俱疲地说道：“她没有这样说。你怎么什么事都要自作聪明地曲解一番呢？肯定有被迫害妄想症。”

茧美黑着脸，把词典递给我，我没有接。她大概是想指给我看“被迫害妄想症”这个词也被涂掉了吧。

“对了，”我转向霜月理纱子，“你的车子被撞了？”

霜月理纱子点点头，看了眼墙上的挂钟。现在刚过下午两点。

海斗今年四月份就上小学了。平时霜月理纱子要去银行上班，海斗放学后会在小区的儿童馆里玩，等妈妈回来。

“对了，有没有跟海斗说今天的事？”

“我没跟他说，也没告诉他我今天请假没去上班。”

我是三天前打电话给霜月理纱子的。在电话里，我并没有对自己这两个月杳无音信表达歉意，只是说：“我想跟你见见面，说个事。”她似乎有所察觉，笑着说道：“我以前向丈夫提出离婚时也是这么说的。”也许，她期待着我当场否定谈论的主题是这件事，但我并没有说。她大概领会到了我的意图。

“喂，刚才来这栋公寓时，我在地下停车场看到你的车了——黑色的面包车。围栏的牌子上写着‘霜月’两个字。这姓很少见，肯定是你的车吧。我看见副驾驶那一侧的后面有一块凹痕，就恍然大悟了：噢，原来撞到这里啊！”茧美滔滔不绝地说着，仿佛是在进行推理一样。同时，她还一个劲儿地转动掏耳勺。

“一开始，我还以为是这位姐姐车技太烂而造成的事故。不过看那车身的凹陷，应该是被别人撞的。比如，把车停在便利店的停车场时，被别人开进来的车‘哐当’一下撞上了。”

霜月理纱子听得目瞪口呆。她的鼻翼和嘴角已经长出明显的皱纹，但她这副惊讶的表情却仿佛还是少女。“就发生在昨天傍晚。昨天是星期天，我带海斗出去玩。回家时，我把车停在便利店的停车场，进去买东西。买完出来时，才发现车被撞了。”接着，她说出了便利店的店名，就在公寓附近，从大马路拐进小路，就能看到那家便利店。店前有一个四车位的小停车场，我也去过好几次。还记得有一次，我和海斗去那家便利店里买瓶装茶，结果忘带钱包了，只好多跑一趟。

“那你怎么知道肇事者撞车后逃跑了呢？”我问茧美，“就算开车撞上了，也可能没逃跑，而是赔礼道歉了呀。”

“哼。”茧美一脸不屑，流露出要咬死我这个劣等生的威吓表情。“丈夫出轨，好不容易遇上个相好的男人，却是个大骗子，而且还被一个大块头的混血女人抢走……可见她绝对是在厄运之星的照耀下出生的。既然碰上车子被撞，肇事者肯定早就逃之夭夭了。”

霜月理纱子茫然地听完茧美的这番歪理，自嘲似的回答：“很有说服力嘛。”

“理纱子，”我忍不住对她说道，“这种自以为是、完全不顾别人感受的女人，她说的话，你不必当真。而且我哪里是大骗子呀！”

“被吉恩·哈克曼抢走车子，怎么可能有这种事！”

“吉恩·哈克曼只是打个比方。当时，一个警察拦在我的车前，我急忙踩了刹车，还没反应过来发生了什么事，他就把我拽下车，自己开车走了。”

“我就说嘛。”茧美的声音透出几分焦躁，其实我知道她并没有那么焦躁。一起行动的过程中，我对她的脾气渐渐有所了解。她总是闷闷不乐，满腹牢骚，为一点小事就大发雷霆。即使在没那么郁闷、不满和生气的时候，她也会故意摆出这副表情。我不确定她的父母到底是不是外国人，不过难免会做这样的推测：她这种扭曲的情感表达方式，也许正来自异国文化？

茧美故作焦躁地说道：“我就说嘛，怎么可能有这种事呢！

日本警察会干这种事吗？”

“事实上就是这样。”

“那也没人肯把车借给警察呀。”

“有。”我指了指自己，“如果冷静下来，我也能多考虑一下。但那天，一个警察突然跑到我面前，一边出示证件，一边粗鲁地说‘我是东署的警察，车过一会儿就还你’。在这种情况下，人往往会信以为真，贸然地把车借给他。这可是经验之谈。”

“后来警察的确把车还给你了呀！”面前的霜月理纱子笑眯着眼，仿佛是把我俩的共同回忆偷偷披露出来一样。

“有发奖金或表彰吗？”茧美问道。

“没有，汽油倒是给我加满了。”

“这就有古怪。那警察到底在追什么犯人嘛？”

“他没说。大概是什么穷凶极恶的罪犯吧，随时要被击毙的那种。”

“怎么可能！”茧美一口咬定，“那警察叫什么名字？”

“噢，这名字我倒记得很清楚。‘不知火’警官，很少见吧。”

这时，房间仿佛摇晃了一下，我还以为发生地震了。原来是茧美拍了下桌子。桌上的茶杯几乎倾倒……或者应该这么说，摇晃得这么厉害，这茶杯居然还能屹立不倒。

“哼，哪有什么警察叫‘不知火’的呀。不过，这名字倒挺符合他的做派。”

“既然符合，那不挺好吗？”

“我是说你编得太假了！而且，一提到‘不知火’这个名字，只能让人想起白新高中的投手。”

茧美的话盛气凌人，似乎比平时多了些异样的热情。我不禁为之侧目，问道："白新高中是什么？"

"你居然没看过《速球投手》[1]？亏你还是个男人呢。"茧美瞪着我。两个月以来，我从没见过她如此轻蔑的眼神，也从没想过，一个金发女郎居然向我力荐《速球投手》。

"能把山田太郎逼入绝境的，除了不知火还有谁？而且他有一只眼睛失明，简直就是伊达政宗[2]的祖先。"

"你说反了吧。"

对于我指出的问题，茧美不以为然。无奈之下，我只得问道："不知火是活跃在甲子园棒球联赛里的投手吗？"她却说了句莫名其妙的话："因为明训高中的关系，他没能参加比赛。"

"哦……"我心不在焉地答道，"那他比村田兆治还厉害咯？"

"为什么突然跑出村田兆治来呀？"茧美有些不知所措，但还是点头说道，"两个都是好投手，应该有得一拼吧。总之，要说到不知火的话，就只有这个不知火，哪有什么警察叫不知火的呀！光从名字就可以看出，你被骗了！"

我听得一头雾水，甚至弄不清我们到底在讨论什么问题。我担心再这样下去的话，脑袋都转不动了。

---

1 《速球投手》：日本漫画家水岛新司的漫画作品。主要讲述了高中棒球队的队员山田太郎及其伙伴们的故事。漫画中有个人物名叫"不知火守"。

2 伊达政宗（1567—1636）：日本安土桃山时期至江户时期的武将。因右眼失明而被称为"独眼龙"。

这时，霜月理纱子忽然说了一句："我明白了。"声音不大，语气也很平静，就像静静滑落的雨滴。

"你明白了？哦，你是说你知道不知火是多厉害的投手了？"茧美善解人意地说道。

我心想，肯定不是这件事。霜月理纱子也给出了否定的回答。

"不，我说的是星野先生今天特意上门，告知他要结婚的事。除了说'我明白了'之外，我好像没有资格说三道四吧。"她频频眨眼，脸颊有些僵硬，却努力眯着眼睛，嘴角上扬，故意表现出轻松，就好像面对任性撒娇的海斗时，她必须按捺焦躁，努力表现出母亲的态度一样。她太要强了。当然，我觉得这种要强很伟大。

茧美用力鼓掌，说道："姐姐，不错嘛，我要对你刮目相看了。通情达理，做事爽快。不过丑话说在前头，我一分钱都不会给你哟。如果你想索取分手费来修车，那就大错特错啦。"

我忍不住厉声喝道："喂，别太过分了！说这种伤人的话有意思吗？"她确实没必要这么挖苦人。

听了我严厉的斥责，茧美却无动于衷。她镇定自若地探出身子，把脸凑过来，俨然在向我示威——要打架的话，我随时奉陪。这张又圆又大的脸突然逼近，颇有威压感。她压低嗓门提醒说："别忘了规则哟，我说什么你都不能管。"

随即她又大声说道："你倒是告诉我，有什么事情比伤害别人更有意思的？"

我直视着霜月理纱子。说实话，因为感到内疚和悲伤，我本来打算避开她的视线，低头离开的。不过考虑到两个原因，我没有这么做。第一，我觉得事情闹成这样，都是自己种下的恶果，如果在这尴尬的场面中还要逃避，那简直就是懦夫。第二，这很可能是我和霜月理纱子最后一次见面，我想多看她一眼，把她的样子留在记忆中。

再过两个星期，我就要被“那辆巴士”带走了。虽然我不知道“那辆巴士”是出于何种目的，要把人带往何方，但从茧美及其同伙的话可以推断，那一定是个远离和平的地方。

茧美曾给我出过一道智力题。“这是个很常见的脑筋急转弯题。”做了这样的提示后，茧美说道，“一开始，‘那辆巴士’载着五个人。到达某个车站时，放下了这五个人。过了不久，‘那辆巴士’又载上他们，沿着原路回来了。那么回来的有几个人呢？”

回答“五个人”当然是错的。“他们被‘那辆巴士’带到目的地后，过着非人的生活。回来的时候已经没了人样，不能再算是人了。所以，答案是‘零’，全都不是人了。”

多么低俗、恐怖的智力题啊！我不禁毛骨悚然。

霜月理纱子不时看看挂钟。她是希望我们在海斗回家前尽快离开，还是想尽量延长和我在一起的时间呢？

茧美站起身来：“话说完啦。我们要结婚了，祝福我们吧！”

她随即一把抓住我的肩膀，要把我拉起来。我也只得连忙起身。

霜月理纱子把我们送到门口，对我说道：“嗯……你要结婚了，我说这话也许不太合适……这一年半以来，我过得很开心。很高兴遇到你。”

我一时说不出话来，思绪忽然从胸口涌起，仿佛在拉扯我心头的绳结——绳结一旦解开，我就会泪腺失控，精神崩溃，老老实实地向她当场认罪……我咬紧牙关，随口附和了一声。

她继续说道："我会对海斗说……"就在这瞬间，我感到眼睛和鼻子一阵发酸，连忙转过身，打开门，向外走去。她的声音从我身后传来："我会对海斗说，星野叔叔调到其他地方去工作了。"

"喂，别走这么快，别扔下我呀！"茧美嚷着追赶上来，从旁边直勾勾地盯着我的脸，随即一巴掌拍在我肩膀上，说道："有什么好哭的嘛！"这一巴掌真够狠的，痛得我泪流不止。

离开霜月理纱子的公寓，去往车站的路上，我们经过一家甜品店，顺便走了进去。在甜品店里，茧美说了一番很有道理的话。这很难得，应该说是头一次吧。

"我要大碗的豆沙水果凉粉。没有？没有就马上给我现做！"茧美一边威胁店员，一边用湿毛巾擦了擦手，然后转过来，粗大的手指指着我，说道，"喂，你在认识我之前，同时和五个女人在交往，对吧？"

我点点头。眼泪已经不流了，但似乎一不留神又会夺眶而出。

"也就是说，就算我们没插手，总有一天你也会这样和她们告别的。有可能也会对那个带着小孩的女人说：'我还有别的女人。'然后残忍地抛弃她。"我渐渐明白茧美想说什么了。"换句话说，就算没有'那辆巴士'，你也会抛弃那个女人吧？迟早会结束的。既然这样，你就不要老摆出一副很委屈的态度，好像自己没干什么坏事却落得个悲惨的结局似的。"她一口气说道。

我心想，这话说得在理。

“喂，我说得不对吗？虽然你现在和五个人同时交往，但以前不也跟别的女人分过手吗？不也试过有时六七个人，有时只有三个人吗？”

确实如此。有的是渐渐地不再联系，有的则是我主动提出分手的。交往时间长短不一，开始和结束的时间也各不相同。

“话说回来，现在交往的五个人，你本来是打算怎么抉择的？是打算五选一吗？总不会一直保持脚踏五条船的关系吧？”

“不。”我皱着眉头，战战兢兢地说，“我从没想过要从五个人中选一个。无论和哪个在一起，我都很快乐。所以，我想把这样的关系一直维持下去。”

“和全部吗？”

“和全部。”我一直以来就是这么想的。

“如果再有吸引你的女人出现，你岂不是又要把她加入到女朋友的行列里？是打算交一百个朋友吗？[1]你以为自己还是小学生？如果我捡到一台时光机，第一件事就要把你送回小学去。让你重来一遍，从小学生开始重来一遍！”她的声音不大，但语气决绝，恨不得用泥巴捏成弹丸，一个个砸向我似的。这时，店员走过来，把大海碗轻轻放在桌上。大碗的豆沙水果凉粉出场了，茧美一下子快活起来：“好大一碗！肯做的还是有的嘛！”

那碗状如小山的豆沙水果凉粉看似很可口，我呷了口手边的茶，明知无望，还是厚着脸皮问道：“要了这么大一碗，是打算

---

1 《等我上了一年级》是在日本家喻户晓的童谣。歌词里有这样的句子：“等我上了一年级，有没有一百个朋友？”

分我一点儿吗？”不出所料，茧美板着脸说道：“你这家伙，开玩笑也得有个分寸嘛。没钱就一边慢慢喝茶去！能让你看着我吃，你都该谢天谢地啦。”

这话怼得我哑口无言。正因为没钱，我才会惨遭被“那辆巴士”带走的厄运，才会被这个身高近两米的女人监视。

茧美以气吞山河之势大口大口地吃着豆沙水果凉粉，看得我入了神。

我小心翼翼地端着茶杯，像是为了润唇似的，慢慢呷了一口。过了一会儿，我说道：“有件事我想拜托你。”

茧美立刻恶狠狠地瞪着我。我想起小时候在空地上偶然碰见的流浪狗——它一看见我走近，就护着掉在地上的甜面包，冲我呜呜吼叫，仿佛在说：“我怎么可能把这个给你呢？”

“我不会把豆沙水果凉粉分给你吃的。”

“我不是说这个啦。”

“那你是想去吃拉面吗？”茧美不怀好意地看着我。我当即把头摇得嗡嗡作响。几天前刚吃下的拉面已经完全渗入我体内的血管里了。我这辈子恐怕再也吃不下拉面了，但同时又冒出个念头：“如果挑战豆沙水果凉粉大胃王，说不定能成功呢。”连我都被这个念头惊呆了，这就是所谓的好了伤疤忘了痛吧。

“我想找到那个撞车逃逸的肇事者。”我试探着说道。

茧美满脸惊讶，似乎难以置信。这表情就像她刚才听店员说“没有大碗的豆沙水果凉粉”时一样。

“你说什么？”

“正如你所说，霜月理纱子的运气太差，总是遇到渣男，车还被撞了。不过，总不至于运气差到连肇事者也抓不住吧？”

“你是白痴呀？”

“只要去一趟被撞的那个便利店看看就行。”

“不可能找得到肇事者的。”茧美用舌头把汤匙上的红豆沙舔干净，一口咬定地说。

“至少也要去问一下店员吧。”

茧美黑着脸，固执地摇摇头，一脸不高兴地说：“凭什么要答应你的要求呢？”

我一个劲地低头恳求。我没有钱，也没有特殊技能，没有任何筹码来跟她谈判，最多只能这么许诺：“如果你能和我跑一趟，我一定会把你评为仅次于特蕾莎修女的大好人。你的排名会超过那个肉店老板哦。”

茧美一脸不耐烦地叹了口气。“如果有时光机，我还是不把你送回去读小学了。我要回到你还没出生的时候，劝你父母避孕！”

便利店的店员显然精心梳理过发型，把头发前端弄得尖尖的，跟冰激凌一样。

“昨天傍晚有人在停车场撞车逃逸，我想了解一下情况。”听我说明来意后，店员小伙面露不悦，也可能是害怕吧，因为我身边站着一个脸色阴沉的女人——体形彪悍得像打手一般。他嘀咕了一句：“哪怕你随便买件东西都好呀……”

耳朵灵敏的茧美听见，立刻摆出气势汹汹的架势：“少废话！这样的店，哪有一件东西值得买嘛！”也许她从没打算要和别人和睦相处吧。不知道她是故意的，还是不由自主，反正每次跟别人接触就会浑身带刺。就这点来说，茧美和刺猬及雪地轮胎绝对有得一拼。

“喂，”店员瞪着茧美，“你是来找碴的吗？”

“不是找碴儿啦。”我伸手拦在茧美前面，向店员表示我可以管住这头野蛮的动物，“昨天傍晚，停在这边停车场的一辆黑色面包车被撞到，肇事者逃跑了。所以我想找昨天傍晚值班的店员问一下。”

茧美慢慢走开，在店里闲逛起来。她从摆放果汁的冷藏柜前经过，向杂志区走去。

“昨天也是我值班。”店员不耐烦地说。

一听这话，我连忙转向他：“哦，是你？”

“嗯，昨天我也是从白天一直做到傍晚六点。”

“那就省事多了。昨天在停车场发生了撞车逃逸事件，你记得吧？”

“那是你的车吗？”

“是我朋友的面包车。三十多岁的母亲带着读小学一年级的小孩，在店里买东西。买完准备回去时，发现车子副驾驶那一侧被撞凹了。”

“你跟我说这些也没用，我又不清楚。”

“小孩名叫海斗，有些任性，不过还是挺可爱的，他睡午觉的时候一定会说梦话。母亲身材矮小，但姿态很端正，双眼皮，性格稳重。不过有时太要强，有眼泪也往肚子里咽。”说着说着，我脑海中浮现出母子俩的身影。当我意识到再也见不到他们时，胸口不由隐隐作痛。

店员脸上露出遗憾的表情，噘着嘴，耸了耸肩，简洁地回答："我完全听不懂你在说什么。"他虽然态度冷淡，但感觉不像坏人，只是说话语气和表情不够随和。也许是天生的，并不是他想招惹谁。

"我倒是想问你……"他朝杂志区那边瞟一眼，从收银台里探出身子，把脸凑过来，"那个女人……那个人，是谁？这么大块头，又这么凶……"

碰到这样浑身上下都比别人大一号的蛮横女人，店员也感到不知所措吧。我正苦于不知如何回答，忽然看见脚边放着五花八门的体育报刊，其中一份以报道狗血新闻著称的报纸上登有这样一个标题——《智能实验中的大猩猩逃跑了》。我不禁吃了一惊，抬起头时，只见店员瞠目结舌地盯着我。他大概随着我的视线看到了那个新闻标题吧。我俩默默地对视了一会儿。然后我意味深长地点点头，充满暧昧。他顿时表情僵硬，我强忍着没笑出来。

茧美像是瞅准时机似的回来了。"喂，我找到停车场的监控摄像头了。你看，那里有一台，有可能拍到撞车逃逸的经过哦。喂，让我看看监控录像吧。"她一边指着外面，一边大摇大摆地走过来。

店员连忙缩回身子，挺直腰板，露出一丝恐惧，仿佛面对着一只高智商而脾气暴躁的大猩猩一样，还不时瞟一眼放在脚下的报纸。

"让我看看监控录像，这样就能抓住肇事者了。"茧美大声说道。

看监控录像，确实是个好办法。我由衷地感到佩服。

“唉，监控录像嘛……”店员吞吞吐吐。

“有吧？你看那里不是装着隐蔽摄像头吗？应该能拍到停车场的……”

“不行呀。”店员有些为难，“这监控录像只能拿给警察看。之前店长吩咐过的。”

茧美撇撇嘴，小声嘀咕：“真是个没用的家伙。”过了一会儿，她突然狠狠拍了我一下，力气太大，几乎把我的胳膊拍断。“对了，要找警察，就看你的啦。”

“什么意思？”

“该轮到你的老友——不知火警官出场了。”

二十分钟后，我手握方向盘，车开得飞快。我本来想停下来冷静一下，车却不由自主地向前飞奔。从某种意义上来说，人生也是如此——这个老掉牙的比喻让我羞愧。不过，这份羞愧马上因飞驰的车而被抛诸脑后了。此时，握着方向盘的是我，踩油门的却另有其人——坐在副驾驶上的茧美硬把右脚伸过来，踩在了油门上。她犹如大木桶一般的身体上伸出来的脚，竟比我想象的还要长，占据了我右脚的位置。茧美使劲踩着油门，车速越来越快，道路却渐渐变窄了。这是一条旧商业街，狭窄得几乎容不下两车并行。

“喂，被落下太远了，再跟紧点儿。”茧美指着前面的蓝色小车，说道，“功率肯定是咱这车占优势，你要是追不上就丢人咯。”

“这车我还没开习惯。你把脚让开，这样太危险了。”她的脚挡住我踩刹车了。

“没事，你抓好方向盘就行。这种时候，非得用气势镇住对方不可。”

我往前一看，发现路边停着车，急忙向右打方向盘，闪避过去。这时，前方有一辆白色奔驰迎面开来。我大惊失色，一时无法作出反应。那辆白色奔驰像庞然大物似的挡在前方，眼看着就要撞上去了！我连忙低头趴下。就在这一瞬间，车子猛然拐向左边——副驾驶位上的茧美抢过方向盘，来了个紧急转向。

“看把你吓的，这怎么行呢！”她冷冷地说着，踩了一脚油门。

我重新把好方向盘，抬头看着前方。“早知道一开始就让你开啦。”

“我没有驾驶证，出事就麻烦了。”

“出事是什么意思？”

“比如说汽车追尾之类的。”

路上的行人满脸惊讶地看着我们疾驰而过。

“都怪你不早点儿打电话给不知火警官，现在才会这么狼狈！”茧美唾沫横飞地说道。也许是因为先入为主吧，我觉得她的唾沫星子硬得像小石头一样。

“没空打电话呀！”

在便利店里，一听店员说“监控录像只能拿给警察看”，茧美就嚷着让我给不知火警官打电话。她大概早就认准“不知火警官”是我瞎编的，所以借机给我出难题。店员皱着眉头问道：“不知火警官？做什么的？”

这时，自动门打开了。有个客人走进店里，是个瘦高个儿，穿着西装，年龄大概三十多岁，看起来比我大。他戴着口罩，可能因为感冒吧。他一走进店里，就向收银台旁边的我和茧美扫了一眼，随即走向杂志区。

“那家伙，有点可疑哦。”茧美目不转睛地盯着那人，回头对我说道。

“那个人？就因为他戴着口罩？”

“不是。刚才他往这边看时，目光有些躲闪。肯定做了亏心事。”

“谁看见你这副模样都会目光躲闪的。”

“因为画面太美不敢看吗？”茧美笑嘻嘻地说。因为长相被嘲笑、被畏惧时，她通常都是这么化解的，但她的笑容竟然带有几分少女的羞涩。那一瞬间，我真感到画面美得不敢看。

茧美径直向店外走去。“说明”“报告”之类的词，在她的词典里估计也找不到吧。她没跟我打招呼，就通过自动门走到外面去了。我正想跟出去看看，她却回到了店里，指着窗边的货架喊道：“喂，说你呢！”正在那边看杂志的口罩男转过头来，一脸愕然。“喂，是你撞了别人的车逃逸的吧？”茧美的声音响彻店内，“那辆蓝色的车是你的吧？后面的保险杠和金属板明显凹陷了一块嘛。”

“啊？”我惊讶地走出店外。外面停着一辆蓝色的小车，车尾朝外，车身右后部果然有些变形。

“啊，真的。”店员不知何时走到我身旁，“经常看见这辆车呢。”

店里传来“野兽的咆哮”，那是茧美的怒吼。我听不懂她在说什么，这当然不足为奇。不理解她的情感和语言，其实是一种常态，她能用人类的语言和我们交流反而是怪事。不过，我很快就反应过来她为什么怒吼了——只见口罩男慌张地冲出店外，随即蹿上那辆蓝色小车。看那阵势，简直像从火灾现场抱着东西逃生一样。

“别走！”茧美用她那个星球的语言怒喝。

口罩男的车飞也似的向前逃窜，快得像不需要引擎似的。

我正目送蓝色小车驶上车道，突然被后面冲上来的“猛兽”一口咬住领口，猛地拖走了。

“喂！快追！”

我有很多话想说，想要指责或是提醒她。但情急之下，只能先说其中一件：“我们没有车。”

“有！”话音刚落，茧美就已冲上车道，伸开双臂，拦在一辆刚好驶过来的黑色轿车前。因为有一定距离，轿车急刹车后顺利停住了。即使刹不住撞上来，茧美那庞大的身体也能作为缓冲吧。

“喂，快过来！”茧美冲我大喊。我还在茫然发愣时，她已经把车主从车上拽了下来，对我说道：“你来开车！”我顺从地坐进驾驶座，已经不知道自己在做什么了。

“车借来用一下。我是东署的警察不知火！”茧美对那车主扔下这么一句，随即钻进副驾驶座。车子开动了……

“其实，我们还不能确定前面车里的人是不是撞车逃逸的肇事者呀。”我感到握着方向盘的手臂渐渐发酸，却无法歇息。稍微松手，车子就险些冲上人行道，或是撞上停在路边的车辆，几乎酿成事故。

“我一问他，他就逃跑了。不是心中有鬼怎么会逃跑呢？而且他的车上正好有凹痕，肯定是他干的。”

“被你那么一吼，谁不逃跑？车上的凹痕也可能和撞车逃逸事件没关系。再说，谁撞车逃逸之后，第二天就大摇大摆地回到事发现场呢？”

“世上有很多人脸皮不是一般的厚哦。拿我来说，有一次在停车场撞到人之后，从第二天起，每天都去那家餐馆吃饭。当然，我是无证驾车。”

“你属于例外。”

“又觉得我美如画了吧？”

前方是丁字路口，蓝色小车拐向了右边。这时，我看见信号灯转为黄色。一般来说，这种时候应该踩刹车，老老实实地把车停住。当然，对于茧美来说，这不符合她们星球的常识。“打好方向盘！”话音未落，她又踩了一脚油门。车子猛然加速，一种胃部悬空的恐惧感蓦地袭来。我知道，此刻要是发呆的话，必定万事休矣。于是，我拼命睁开想要闭上的眼睛，转动方向盘。总算安然无恙地拐入右边的路。我刚松了口气，却见茧美又要踩油门。然而，前面那辆蓝色的车子却停住了。

“要撞！”我发出一声惨叫，好歹踩下了刹车。车子好像猛然向前摔倒似的停住了，我俩的身体被抛了起来。

前方道路因为施工禁止通行。可能在路口右转前就有提醒封路的牌子，但我没注意。蓝色小车上的口罩男大概也一样，肯定是碰到封路才急忙停车的吧。

茧美判断迅速，行动利落。她从副驾驶下车，沿着人行道奔跑，向口罩男猛冲过去。

口罩男踉踉跄跄地钻出蓝色小车，走上人行道，但脚步略显虚浮。茧美的步伐却像坦克前进一般稳重。胜负已分。转瞬间，茧美就把他撞翻在地。当时路上没有行人，施工的工人也忙着干活，根本没人注意这边。茧美干净利落地把倒在地上的口罩男拽起来，像拖着大麻袋似的走向人行道一隅，消失在一栋陈旧的商务旅馆后面。我连忙追上去。

茧美把口罩男按在墙壁上，用右肘猛力击打。不知道是因为看见她体形浑圆，还是因为她手法熟练，我并没有感觉到杀气，反而有一种安心感，像在欣赏摔跤比赛似的。

茧美没白长这么一副酷似外国摔跤手的彪悍体形，她“砰”地一下肘击，紧接着又是一下。口罩男直翻白眼，几乎昏死过去。

我走上前去。茧美对我说道：“喂，别傻站着。快搜这家伙的钱包！”

我捡起掉在地上的手提包，随即把手伸进去。“找到了，然后怎么处理？”

“当然是让他赔偿呀，撞车的修理费肯定要拿。另外还有精神损失费，给咱俩的补偿费。”茧美用左手把口罩男按在墙壁上，冷冷地说道。

我愣住了，心想：“给咱俩的补偿费，是指补偿什么呢？看上去，这个被打得晕头转向的家伙更应该得到补偿吧。”

“你们搞错了！”口罩男用尽最后一丝力气，嚷道，“我不知道什么撞车逃逸。”

“少废话！事到如今还想狡辩！要不是你干的，为什么要逃跑呢？”茧美用右手胳膊猛地顶住他的喉咙。这下他连声音都出不来了。

“喂，把钞票和信用卡抽走！”

我按她的吩咐看了眼钱包，里面大概有十万日元现金。姑且不论自己的行为是对是错，我分明有一种怦然心动的感觉。钱包里还有两张信用卡。我继续摸索，想看看有没有别的东西。这时，从放零钱的夹层里掉出三个透明的小袋子，装着药粉的三个小塑料袋掉到了地上。

“啊！”

“怎么回事？”

我捡起小塑料袋，目不转睛地看着。

“喂，不许动！”突然背后传来一个声音。

只见一个长头发、高鼻梁、大长腿的男人站在我身后。他手上虽然没拿枪，但目光凌厉，充满威严，左手里拿着一本翻开的证件，低声说道：“不许动。我是警察。”

我一看证件，正是不知火警官。

几天后，深夜一点钟，我和茧美站在路灯下。周围一片漆黑，寒风直吹。茧美的着装最适合这个季节，应该有一定的防寒效果。而我只穿着短外套，冷得受不了。

“我为什么非得干这事呢？”茧美不满地说道。

“唉，我去的话，可能会被海斗认出来呀。事到如今，都到这里了，你还啰唆什么呢？”

“现在已经是深夜一点了哦，哪有小学生还没睡觉的。”

“说不定会中途醒过来呢。慎重起见，还是你去吧。”

我站在电线杆后，搓着手喊冷。

“把这个拿好。”我把手上的大纸箱递给茧美。她不情愿地打开手上的大袋子，把纸箱放了进去，然后低头看着，感叹道：“居然买这么贵的东西，你以为是在花谁的钱呀！”

“刷的是那家伙的银行卡。”

“这不是犯罪吗？你这小偷！”

我没有回答。事实上，这是小偷行径无疑。前几天，被我们开车追上并挨揍的那个口罩男，最终被匆匆赶来的不知火警官以私藏毒品罪当场抓获。不知火警官看到我时，似乎苦苦思索在哪儿见过我。我说曾把车子借给他用，听到这话，他立刻变得和颜悦色：“噢，原来是你……刚才有人报警，说两个人抢走了他的黑色轿车，还报了我的名字。所以我立刻赶过来了。”

“我是在模仿您的做法呢，因为当时事态紧急嘛。”我厚着脸皮狡辩。

“这家伙身上藏有可疑药物……”茧美没有丝毫愧疚，信口胡诌道，“让他逃跑可不得了。所以我们才报上你的名字，好让你赶过来立大功。”

不知火警官没有说话。他环视四周，捡起地上的小塑料袋，撕开，用手指沾了些粉末舔一下，似乎在品味，又像在沉思。他的着装和举动，感觉跟电影中的吉恩·哈克曼一样，有种坏警察的气质。我有这样的预感：这种人，很可能不按常规套路出牌，说不定正在为个人得失打着小算盘呢。

过了一会儿，他开口道："好嘞，这个家伙就算我抓到的。这里交给我，你们快走吧。抢人车辆、超速行驶的事，我就不追究了。"

"啊？"我正迷糊时，茧美已经心领神会，"那就多谢啦！"随即准备离开。

"算是上次的回礼吧。上次我不是强行借用了你的车嘛，这事要是传出去就麻烦了。幸亏没闹大。"不知火警官举起右手，稍微敬了个礼，随即装模作样地挥挥手，长舒了一口气。

"哦……"我有些不知所措，但还是装出从容自若的样子，点头说道，"这样就算扯平了吧。"

不知火警官心满意足地连连点头。

"那么，这家伙就交给你了。"即使面对警察，茧美仍摆出一副大大咧咧的态度。她一把抓住口罩男的脖颈要害处，把他塞给不知火警官。

看见茧美这彪悍的身躯，不知火警官瞠目结舌。但他不愧是警察，很快就镇静下来，准备手铐。

在旁人看来，茧美和不知火警官就像互相对峙的两头野生动物。一个像残暴的熊，一个像敏捷的狼。

"你是哪个高中毕业的？"茧美低声问道。

听到这唐突的问题，不知火警官愣了一下，随即答道："白新高中。"

“哦……没事了。”

她的反应令人无语。

为了不被牵扯进去，我们当即离开了现场。那辆抢来的黑色轿车也扔下不管了。

回到酒店之后，我才发现那家伙的钱包还塞在我的裤袋里。我并不是故意拿他的钱包，只是一时忘记。尽管如此，我还是没打算把钱包还回去。看见钱包时，我脑中冒出来的第一个念头是：用这钱买东西送人。

第二天，在快餐店里，茧美嚼着一大块汉堡时，我说起了这事。她听完顿时黑下脸来，仿佛要跟我绝交似的，质问道：“买东西送人？送给谁？”

“当然是送给理纱子。”我说道，“她老是没遇上好男人，车还被撞了，却从来不气馁，也从不怨天尤人。就让她偶尔遇到一件好事也算不过分吧。”我看着她嘴里的汉堡，自得其乐地喝着水。

“收到个礼物，人生也不见得会时来运转呀。”说这句话时，茧美似乎并没有挖苦之意，而是有感而发，“这不过是你的自我满足罢了。”

我无法反驳。然而，对于我这个主动提出分手，而且即将和她永别的渣男来说，能做的，只有送点礼物了。

“这纸箱里是什么？”在路灯下，茧美朝白色袋子里的纸箱扬了扬下巴，“还有，你什么时候买的？”

“昨天。你不是说要上厕所，然后进了百货商店吗？当时旁边刚好有家名牌专卖店。”

“名牌专卖店？”

“手提包。我想送个手提包给她。”

“手提包呀！”茧美一脸不屑，似乎觉得这是世界上最庸俗的礼物。她夸张地尖叫：“那些没文化国家的公主都想要这种礼物呢。是名牌手提包吗？”

“是的。”我点点头，这没什么难为情的。“贵得离谱的名牌手提包。”

“你这家伙……”茧美把白色的大袋子扛在肩上，皱着眉头说道，“你比我想象中的更令人失望。我早知道你是个没出息的男人，没想到竟然庸俗到这种地步。真是笑死人了。”

不就是送个名牌手提包嘛，却被她如此鄙视，真让人受不了，但我没有反驳。霜月理纱子想要个名牌手提包，确切地说，是她说过想要而已。不知道这是不是她的心里话。我只是觉得，确实和她讨论过“名牌手提包”的话题，最重要的是，我一直都没有忘记这件事。当然，我并不指望茧美这样的局外人能理解其中的意义。

“你上厕所之后，很久都没回来，我就趁那个时候买了。”

“噢，原来如此。”说完，茧美又重复了刚才的抗议，“可是，我为什么非得干这种事呢？”

“这个嘛，刚才说过了。我去的话，要是被海斗撞见，很可能会被认出来。如果让他发现圣诞老人原来竟是自己认识的叔叔，那该多没劲啊。”

“那也不能让我来当圣诞老人呀！”

茧美身上穿着红底白边的圣诞老人装。其实一开始我并没抱太大希望，因为很难找到适合她那彪悍体形的服装，但我刚走进一家廉价商店就找到了。看来，这个世界上真的有各种商品，真是无奇不有啊。付款嘛，当然也是用了那家伙的信用卡。

说实话，我压根儿没想过茧美肯穿这套服装。在我的想象中，她会怒吼道：“开什么玩笑，你到底明不明白自己的处境呀？别说梦话了！”痛骂我一顿，然后断然拒绝。我甚至还预料到，她会给我一两下铁拳，质问道：“我这样做有什么好处！”

事实又是如何呢？不出所料，她果然大怒，痛骂我一顿，然后断然拒绝，质问道：“我这样做有什么好处！”然而，我却没有退缩。我深深地鞠了一躬，以近乎下跪磕头的姿势恳求道：“我想给她送个圣诞礼物。”

“送就送呗，随你便。”

“如果可能的话，最好是在圣诞夜悄悄溜进她家里，把礼物放在她的枕边。”

“你说什么？你白痴呀！这叫私闯民宅，属于犯罪！”

“即使算犯罪，也是我的愿望。”

“什么狗屁愿望，纯粹是犯罪。照你这逻辑，那些把攻击女人当成愿望的男人呢，又该怎么说？”

“是谁规定圣诞老人不给大人送礼物的？”我激动地提高嗓门。茧美却满不在乎地指着我，告诫说：“喂，你脑子进水了吧？偷偷摸摸溜进别人家里，装什么圣诞老人。对当事人来说，这很恐怖，懂吗？很恐怖！”

“没关系。”我继续低头恳求，“理纱子理所当然地认为，世界上没什么好事会发生，所以对人生也不抱期待。对于这样的人，难道你不想稍微给她一点惊喜吗？”

“很遗憾，”茧美黑着脸说道，“完全不想。”

真是铁板一块，但我没有放弃希望。因为我觉得，茧美虽然经常对我的言行不屑一顾，碰到谁都爱冷嘲热讽，但对于一些新鲜事却挺感兴趣的。对于常识和流行的东西，以及普通的评判体系，她确实十分抵触，但对于不合常规的事物，比如对于不知火警官，应该会比较宽容。也许在日复一日的时光里，她也感到无聊了吧。我有一种预感，只要我稍加注意，不去损害她的自尊心和信念，她应该肯接受圣诞老人这一角色。

最后，我决定赌一把运气，把全部希望寄托在她的词典上。“把词典借给我看看。”我恳求道，“你的词典里应该有‘圣诞老人’这个词。连你自己都没有否定他的存在呀。”

一反常态，茧美露出一丝畏惧的神情。当然，她很快恢复了往常那种豪迈的态度，粗声粗气地哼了一声，接下来的回答却软弱无力：“我凭什么要把词典借给你看？”

“‘圣诞老人’没有被涂掉，对吧？”

不知道是被词典说服了，还是对我的软磨硬泡感到厌烦，最终茧美接受了这个任务。

深夜一点，她打扮成圣诞老人的模样，答应和我一起去。真令人难以置信。虽然是我苦苦哀求换来的结果，但我看见她换上圣诞老人装时，还是忍不住问道：“你怎么又肯穿了呢？”

“少废话。有很多原因啦。”茧美不耐烦地回答。

霜月理纱子的公寓就在前面。虽然是圣诞夜，但夜已深，家家户户的窗户几乎都熄灭了灯火。“你用这个开门进去。”我把还没还给霜月理纱子的备用钥匙递给茧美，接着又叮嘱了一句，“你放下礼物就行，不要做别的。”

“知道了知道了，真啰唆。”茧美板着脸说道，“不用给那小孩准备礼物吗？”

“那是他妈妈的任务。”

他妈妈一定准备了带给孩子的惊喜。她自己却无法从别人那里获得惊喜。我想，圣诞老人为她出场一回也不算过分吧。

“万一那小孩中途醒来，肯定会吓坏的。谁能想到圣诞老人竟是这样的庞然大物呢？”茧美说道。

“噢，对了，差点儿忘记把这个给你了。”我从外套口袋里掏出几张小纸片，递给她。

“这是什么？”

“我做的名片。那家百货商店里正好有工具。”

“什么名片嘛？”她看着手上颇有传统设计风的名片。

“这是圣诞老人的名片。如果海斗中途醒来的话，你就把名片给他。”

“圣诞老人怎么会跟人交换名片啊？”茧美大声嚷着。她的声音嗡嗡作响，回荡在深夜的街道上。

我心里充满期待。也许，海斗会对她说“我的名片发完了”吧……

三

“喂，你到底要去哪里？”

有个陌生男人突然上前搭讪，如月裕美顿时警惕起来。她看了看表，已经深夜一点多了。大街上的百货商店、办公楼、名牌专卖店鳞次栉比，此时却都大门紧闭，一片寂静。仿佛所有建筑物都已经闭上眼睛，进入梦乡。

如月裕美从停放自行车的地下停车场走上来，沿着大街行走时，遇到了这个男人。这人身穿西装；头发短短的，却像刚睡醒似的有些凌乱，带些孩子气；高鼻梁和大眼睛十分显眼，倒也不难看。不过在深夜里跟一个陌生女人搭讪，不像是正经人吧。如月裕美心想：“说不定，把我当成不知如何打发漫漫长夜的女人，也就是随便的女人。想叫我陪他一起玩？以为我会随便上钩吗？”

她在心里盘算要这么回答：“我不缺男朋友。现在有点急事。再见。”后半句是实话，前半句却是谎话。她没有男朋友。

“你到底要去哪里？”那男人点头哈腰，却像非问不可似的。

看着他惴惴不安的神情，如月裕美稍微放松了些。当然，她仍然保持警惕。

“我为什么一定要告诉你？”

“可是……”

“没什么可不可是的。不如由我来问你吧。这么晚了，你要去哪里呀？”

“啊，我……”对方正要回答，如月裕美却摊开手掌说道：“停！我来猜猜，早就想试试了。”

“试试？”

“推理。”说着，如月裕美不由回想起以前看过的漫画。侦探受人所托，侦破各种棘手案件。那些漫画里的主人公，大都能通过人物的穿着、举动、携带的物品来推测事件真相，令人称奇。

“首先，你穿着西装，说明有可能是上班族。”

对方似乎有些不知所措，皱起了眉头。“你说得没错。不过，任谁都会这种推理吧。”

“现在深夜一点多了，你看上去没有醉意，说明不是出去喝酒，那肯定加班到这么晚才回家的吧？”

穿西装的男人用手摸了摸自己的脸，有些难以启齿似的，小声嘀咕：“不，我喝了点儿酒。”他接着又说：“你这根本不叫推理。你说的这些，谁想不到呀？”

“你应该听说过‘哥伦布的鸡蛋’[1]吧？”如月裕美的语气带

1 哥伦布发现新大陆之后，有人认为这并非难事。于是哥伦布就让他们把鸡蛋竖起来，结果没人能做到。哥伦布把鸡蛋一端在桌上轻轻一敲，就竖起来了。这个故事说明，虽然看似容易，但要第一个做到是很难的。

有几分嘲讽。

“听说过。但我觉得这个比方不太恰当。”

“你这人就爱抬杠。上班族加班，只能是两种情况：要么做事太慢，要么太能干了，领导给你派了一大堆活儿。”

“其实我是个无业人员，大学毕业后就没有工作过。但我有专利，能靠它养活自己。”

这个出乎意料的回答勾起了如月裕美的好奇心。

“什么专利？”

“比如，你发短信或用电脑发邮件的时候，有时会用到括号里加个‘笑’字吧？”

“嗯，没错。”

“类似这样，有时也会用到括号里加个‘哭’字。”说着，男人用手指在空中比画了个“(哭)”的字样。

“还有‘(汗)’呢。”

“没错，就是这个！”

“就是这个？”

“这‘汗’字加括号，就是我发明的。是叫‘知识产权’吧，我就靠这个收入过活。因为我从没工作过，所以对普通人的生活很感兴趣，有时就会像现在这样试穿西装，相当于一种角色扮演吧。”

“真的呀！”如月裕美瞪大眼睛，随即用手捂住嘴巴，以防发出惊叫。她肩上扛着的一捆绳子险些掉到地上。

“你每次在邮件里输入‘汗’字加括号时，我都能收到钱。”

“好厉害。”如月裕美感觉自己像站在大人物面前一样，十分紧张，甚至不知道接下来该说些什么。

男人却笑了起来，摆摆手说道：“骗你的，骗你的。我看你一口咬定我是刚加班回家的工薪族，才故意编了个特别的。”

如月裕美一时没反应过来，当场愣住了。

“怎么可能有这种专利呢！”男人挠了挠额角，辩解似的说道，“你不会信以为真了吧？”

“我就信以为真了！”如月裕美很生气，在深夜的街道上嚷了起来，“别这样捉弄人好不好，我以为是真的。你到底想干什么嘛？”

男人吓了一跳，连忙解释说：“我没有恶意的。”

“明明就想泡妞，还要说假话，真过分！”

“我不是想泡妞啦。”男人连连摇头，“我本来不想和你搭讪的，但考虑到社会治安……”

“社会治安？”

男人指着如月裕美的肩头。“大半夜的，你背着一大捆绕成一圈圈的粗绳子……”

如月裕美看了看自己右肩上的重物。

“而且，你还穿了一身黑色连体服，简直就像……”

“像什么？”

“像个小偷。所以我才忍不住上前盘问你的。”

如月裕美不甘示弱地扬起下巴，挺起胸膛回答道：“你猜得八九不离十嘛。”

“啊？”男人顿时目瞪口呆，“真的？”

“你知道怎样才能溜进大楼高层的房间里吗？得先从消防通

道的楼梯爬上天台，然后顺着这根绳子滑下来，再从阳台偷偷爬进室内。原来你不知道啊？”

“不是这个问题啦。”男人的态度含糊不清。如月裕美颇为着急地说道：“喂，你赶紧让开，我得走了。”

“你要去哪里偷东西？”

“唉，跟你说吧，”如月裕美很不耐烦，但为了避免纠缠下去浪费时间，还是语速飞快地解释道，“我不是小偷啦，我不偷东西。”

“那你这是去哪里呢？”

“你算哪根葱呀，这么刨根问底的。跟踪狂？”

“不，我只是一个普通市民，为了社会治安……”

“明天开始有大减价活动，你知道吧？”

“不知道。”男人当即摇头。

“难以置信，竟然有人不记得‘大减价’的日子。”如月裕美用手捂住嘴巴，“明天开始，那栋百货大楼全部打折。噢，说是明天，其实已经到今天了。大家都排队等着开门呢。”

那男人转过身，瞪大眼睛：“啊？现在就开始排队？”

“早就排长龙了。我每次都这么想：辛辛苦苦排了队，一到开店时，大家都会变成‘预备——跑！’模式，争先恐后地冲进店里，手快有，手慢无。甚至在自动扶梯和楼梯上也拼命乱跑……可见，就算你早早来排队，也抢不过那些跑得快、脸皮厚的家伙。楼层越高的店越是这样。”

“啊，你该不会……”

“什么会不会的？”

“你该不会现在就想溜进大楼的顶层，等开店时捷足先登吧？”

“为什么不行呢？又不是去偷衣服。我到时会掏钱买的呀。”

“我不是这个意思。”男人摆出柔道或空手道选手的架势，举起双臂，像在寻思从哪里下手攀上墙壁。

“你刚才说，从天台顺着绳子滑下来，然后爬进室内。这栋大楼是这样的构造吗？”

“这样的构造？”

“可以从窗口爬进去？”

“没研究过，应该可以吧。我看过的书上都是这样写的，不过是漫画书。”

“漫画书呀！”男人的语气听起来像在训斥。如月裕美不由得气恼：“你赶紧让开，我要走了。”

“还是别干了吧。很容易受伤，甚至有生命危险。”

“为什么呀？就因为我不像漫画里那样有三姐妹？”

“不是这个问题啦。”

男人满脸疲惫，深呼吸了几下，说道：“现在去排队的话，就算排不到最前面，也能比较早进场吧。我可以陪你一起排队。从正门进去之后，我还可以帮你跑在前头。这样绝对安全。”

如月裕美觉得有些莫名其妙，目不转睛地盯着对方：“排队进场的话，还能买到好衣服吗？”

“一定能买到的。对了，绳子我来拿吧。”那男人伸出右手。

“咦，很体贴嘛。”如月裕美有些惊讶，心想，“这个男人也许是个好人吧。”

“那些话也是骗人的吧！”如月裕美说道。

房间角落摆着三面梳妆镜，旁边有个放漫画书的小书架。这里既没有电视机，也没有唱片机，十分冷清。我跪坐着，膝盖直贴在木地板上，痛得很。在我旁边，茧美的庞大躯体仰坐着，背靠着墙，一副百无聊赖的样子。

如月裕美住在这栋雅致的五层公寓的四楼。户型很简单，只有客厅和一个房间。

“你指的是哪些话呀？”我问得战战兢兢。

“我俩第一次碰面的那天晚上，我说要用绳子爬进百货大楼，你说太危险，劝阻我，还答应陪我一起排队。其实，一点儿都不危险，对吧？你是骗人的吧？”

“我骗你干什么？”

时隔两个半月，再次见到如月裕美，她还是老样子，经常冒出一些古怪的想法，令人无语。她的质疑，根本没说到点子上。

“咱俩关系那么好，你却突然消失。过了这么久才打电话过来，说你要结婚了，要跟我分手。而且，没想到是和这样的……”

“和这样的是什么意思？”茧美气势汹汹，仿佛在挑衅。

“和这样有个性的大块头女人结婚。”如月裕美毫不示弱，“我不知道还有什么是真的了。全是骗人的！”

她留着一头齐耳短发，看起来像活泼的少女，苗条的身材则为她平添几分男孩子气。也许是受第一印象的影响，我至今还觉得她是一位英姿飒爽的侠盗。

“也没有全骗人啦。”我试图辩解，“嗯……那个‘汗字加括号’倒确实是骗你的。”

“居然有人白痴到会相信这种事！”坐在旁边的茧美无聊地看着自己的手指甲。

“为了让你多赚点儿钱，我写邮件时还尽量多打‘汗字加括号’呢。”

“咦？当时我就告诉你那是骗你的呀。”

“人家忘记了嘛。”

“哎哟，”茧美直起身，难得一见地摇晃起来。“你骗人固然过分，不过这个女人也够傻的。”

如月裕美朝茧美看了一眼，有些不知所措，仿佛不知道怎么对付一头大狗熊。如此有气势的女人，可不是经常能遇上的。

“我怎么突然想起了生剥鬼节[1]呢，真可怕。”如月裕美皱着眉头，有感而发。

“噢，生剥鬼节……是因为看见她吗？”我看向茧美庞大的身躯，恍然大悟。看见她这副模样，联想到生剥鬼倒比联想到人更自然些。虽说她的脸蛋还算可爱，却长着一头金发，感觉怪怪的，跟常人不一样。

我向茧美解释道：“她老家是秋田县的。”如月裕美从小在秋田县长大，直到十多岁才离开。她小时候每年都会过“生剥鬼

1　生剥鬼节：日本秋田县的传统民俗活动。在除夕或正月十五夜晚，村里的年轻人戴上鬼面具，身穿蓑衣，手持木刀和木桶，装扮成生剥鬼的模样，挨家挨户去串门。

节”。也许是因为父母太热情，“生剥鬼”每次来她家，都会摆出鲜血淋淋的样子，并加强配音效果，大闹一番。她被吓得说不出话来，不停地哆嗦。而她的父母却在心满意足地微笑……“从那时起，我就意识到，父母是信不过的。”她曾经一本正经地对我说过。

“并不只有我家是这样。我们那里的村镇过生剥鬼节，都特别能闹，真是太恐怖了。前几天，我偶然遇到个老乡……”

“老乡？男的还是女的？”我条件反射式地问道，随即因自己的反应而苦笑。即使她和其他男人见面，我又何必吃醋呢？我是来和她告别的，没有资格吃醋。

“那老乡也说，我们那里的生剥鬼节应该被列为限制级。太恐怖了，简直让人作呕。”

“生剥鬼节本来是小孩子的节日，要是列为限制级，岂不本末倒置吗？”我说道。

“为什么看见我就非得想到限制级的生剥鬼节呢！”茧美百无聊赖，慢慢地从外衣口袋里取出一个小盒子，打开盒盖，拈起放在里面的掏耳勺，掏起耳朵来。

“哇，好可爱的掏耳勺！”如月裕美指着茧美的手，高声嚷道。我心想：“现在怎么还顾得上欣赏掏耳勺呢？”但她的性格就是这么单纯，想到什么就会立刻说出来。我时常觉得，对于可爱物品的迷恋和购买欲，肯定占据了她的大半个脑子。

“可爱？”茧美听了却颇为郁闷，皱起眉头，随即把手伸进挎包里，掏出词典来，翻到某一页，递到如月裕美眼前。“你看，我的词典里没有‘可爱’这个词吧？”

“故意涂掉的吗？好厉害！”如月裕美不由得感到佩服，“还涂掉了别的词吗？”

“不告诉你。”茧美冷冷地回答。

“词典里有‘晴天霹雳’这个词吗？”

“问这个词干什么？”

“‘晴天霹雳’就是我现在的心情。喂，星野，你真要跟这个人结婚吗？”

我点点头，支支吾吾地说道：“嗯，我要跟她结婚。”

“你喜欢这个类型的女孩子？”

听到这个问题，我迟疑了，没能立刻点头。茧美究竟能不能划入“女孩子”这个可爱的范畴，很值得怀疑。她长得跟大狗熊似的，而且性格乖僻，经常口无遮拦地说些挖苦别人的话……我实在下不了决心说自己喜欢这样的类型。这时，我忽然想起女人们在被问这个问题时的常见回答，于是仿照着说道：“也没什么特定的类型，顺其自然，喜欢就好。”

话一出口，我就在心中怒骂自己：简直胡说八道！这个茧美，到底哪一点能让人顺其自然地喜欢上呢？

“唉……”如月裕美叹了一口气，似乎难以接受。“话说回来，所谓‘喜欢的异性类型’其实是不可信的。比如，我前几天碰到的那个老乡，以前还说喜欢诚实的男人，现在却跟一个经常拈花惹草的小痞子交往。”

“总之，我想和你分手。”趁着自己情绪还稳定，我赶紧说道。

“我其实挺同情你的。”茧美站起身来，大摇大摆地走到书架前，蹲下身子，看着里面的漫画书。

“对了，那个书架还是星野给我做的呢。好怀念啊。”如月裕美倚靠着大垫子。

“没怎么看说明书就装好了。”我当然还记得。当时，满屋子的漫画书扔得乱七八糟，我实在看不过眼，就在网上买了个书架，作为生日礼物送给她。选购时，我主要着眼于两点：必须有防尘玻璃；必须是滑动式的，这样可以尽量多放书。其实，我还应该多设一个条件：要容易安装。在安装过程中我才意识到这一点。那说明书写得不清不楚，根本不知道隔板应该向着哪一边。有好几次，已经装到一半了，又得全部拆掉重装。我满头大汗，把螺丝拧来拧去，甚至想过要放弃。不过，一看见堆得满地都是的漫画书，便鼓励自己——总得给它们找个安身之处吧，这才坚持下来。这书架从早上一直装到下午。其间，如月裕美还出去了一趟，然后捧着一大捆旧书店买的漫画书回来了，对我说道："等你安装书架太无聊了。闲着没事，我又去买了套《龙珠》回来。"我顿时头晕眼花，几乎瘫倒在地。但最终还是坚持把书架安装好了……

“咦，这颗螺丝怎么弯了？”茧美看着书架的一角，快活地挑着毛病。

“书太重压弯的。”

“这反映出安装者的扭曲性格哦。”茧美一边说，一边浏览那些漫画书的书脊。“《鲁邦三世》《三姐妹系列》……你很喜欢看侠盗漫画嘛。还有一些，是关于登山的吧。”

“因为跟绳子有关嘛。”如月裕美得意洋洋地解释。

“哎哟，”茧美抬起头，有些纳闷，“你的脑子到底怎么转的呀？”

我还是头一次看见茧美流露出这样的表情，不由感到一丝快意。一直以来，我就觉得茧美不像地球人，而是来自人迹罕至的星球。没想到在她眼里，竟然也有不可理喻的外星人——如月裕美。

“我没有见过，谁知道怎么转的呢？”如月裕美认真地回答。我看着她，不住地告诫自己：“这里只有我一个人，只有我才是正常的地球人。必须打起十二分精神。”

“对了，前几天看新闻说，东京市内有一家老字号当铺被人抢了。”茧美蹲着，抽出一本漫画书，一边翻，一边大声说，“该不会是你干的吧？听说，主犯好像是南美洲那边的外国人，不过也有几个同伙是日本人。”

“关我什么事呀！”如月裕美的表情一本正经的，“这家当铺在哪里？”

“在哪里有什么关系吗？”

“是在大楼的高层？”

“看报纸上的照片，这家当铺开在黄金地段，不是大楼高层。”

“我可不会去这种店。”

“为什么呢？”我插了一句，预感到她会给出一个无厘头的解释。

“在一楼的话，就用不了绳子了嘛。”

“怎么说来说去都是绳子呀。”茧美的脸颊微微抖动，咬牙切齿地说道，“这个变形的书架还是赶紧扔掉为好，把跟这个渣男有关的记忆全部删掉！”

“删掉？你说得有点儿过分了。”

“反正你都要去委内瑞拉了呀。”

“委内瑞拉？”我冷不防听到这个南美大陆的国名，不由皱起了眉头。

“嗯……我只是打个比方。”

这叫哪门子的比方呀？我正感到茫然，茧美忽然举起手：“喂，厕所在哪里？借来用一下。你要是不肯借，我就在这里解决，然后把漫画书拿来当厕纸。”她说这话时一点都不脸红，反而有几分得意。

如月裕美很不高兴地皱起眉头，指了指通往走廊的门，说道：“出门，左手边。可得好好坐着拉哦。”

“当然是坐着拉嘛！”茧美叫嚷道。

“谁知道呀。说不定你比较特别呢？”如月反驳。她大概把茧美当成神秘生物了吧。

茧美“咯噔咯噔”地走出去，一去不回头似的用力关上门，发出一声巨响。整个房间——不，整栋楼都颤抖了一下。

屋里只剩下我和如月裕美两人。首先脱口而出的，是一句简单的道歉：“对不起。”

“没事，没事。”如月裕美快活地说道，“那就这样吧，再见啦。”

“啊？”

“咦，你不是要跟那个女人结婚吗？咱俩就分手呗。再见啦。谢谢你特地告诉我。”

“啊？”

这态度未免太干脆，太不在乎了。这让我颇为不安。前几天向霜月理纱子告别时，她虽然通情达理地答应跟我分手了，毕竟还流露出几分不舍，只是内心十分要强而已。我并不期待如月裕美也这样，但我看到她没心没肺、无忧无虑的态度时，难免还是有些失落。当然，我也知道自己很自私。我此刻的心情，就像看见和她共度的时光被揉成一团烧掉了一样。

茧美回来了。门外传来哗啦哗啦的流水声。凭她的力道，在厕所引发洪水都不足为奇。

“真爽。”她用裤子后面擦着手，来回打量着我和如月裕美。她大概也感觉到气氛的变化吧，问道：“喂，怎么啦？”

“没怎么呀。我只是对星野说了句拜拜，祝你们结婚幸福而已。”她挥着手，笑容满面，看起来不像是装的。

“嗯。”我只得点点头。

“说实话，我现在也顾不上谈情说爱。”如月裕美说。我不由感到一阵悲伤，仿佛自己被甩了似的。

“真没劲。”茧美似乎是发自肺腑地表示感慨，长叹了口气。

从如月裕美的公寓出来后，我们走进街边的一家餐馆。茧美用勺子刮着高耸的水果冷糕，津津有味地舔食着。而我呢，自然只有舔白开水的份。

“你真和那个女人交往过吗？一句拜拜就算了？”

“确实，我也挺受打击的。”我只得老老实实地承认，“不过，我俩真的交往过，是男女朋友关系，有过许多快乐的回忆。”

“她说现在顾不上谈情说爱哦。唉，虽然挺搞笑的，但也太没劲了吧。我本来还期待看到她们听你说分手时的痛苦模样，然后再挖苦一下这些被抛弃的女人，在她们伤口上撒撒盐呢。这个女人是怎么回事呀，根本不在乎嘛。”

“对不起，辜负了你的希望。”我不由自主地低头道歉，“不过，回头想想，其实她就是这样的女孩子，有点儿古怪。”

没错，如月裕美就是这样的女孩子。

第一次见面的那天晚上，就说什么要从天台爬进百货大楼。由此可见，跟恋人分手时若无其事，也没什么奇怪的。在她心里，一定还是舍不得跟我分开的吧。我这样安慰自己。

“对了，委内瑞拉是怎么回事？”

嘴边沾满一圈奶油的茧美停住不动，板着脸问道：“什么怎么回事？”

这一瞬间，我脑海里浮现出这样的情形：正吃着猎物的大狗熊狠狠瞪着我，似乎在警告说，“别妨碍我吃东西！”

“你刚才不是说过吗？说我反正要去委内瑞拉，还说是打比方什么的。”

“噢，你说这个呀。嗯……我是说有这样的可能性。”

再过不久，我就要被送上“那辆巴士”。根本原因固然是金钱纠纷，但应该有其他原因。可能我在无意中得罪了某个可怕的人物吧。原以为前面是一块平地，躺下时才发现压到了老虎尾巴——不，尾巴倒还好，我是踩到老虎的要害部位了……就是这种感觉吧。

目前，我近乎于被软禁在酒店了，还有茧美这样生猛的监视员寸步不离地盯着我。然而，“那辆巴士”将带我去哪里，会有怎样的遭遇，我却一无所知。迄今为止，茧美只透露过两个相关的信息：一、“那辆巴士”的目的地，环境比强迫买保险、干重活的金枪鱼渔船还要可怕得多；二、被“那辆巴士”带走的人，回来时已经不成人样……光听到这些信息，就足以让人吓破胆。但我还是想多打听些情况。

“你知道圭亚那高原吗？就在委内瑞拉。一大片未开发的原始地带，可以容得下整个日本，被大家称为‘世界上最后的神秘地带’。我看过一次照片，极其震撼。那里有一片连绵的群山叫做‘桌山’，可能是风的缘故，山顶整个被削平了，像桌子一样。在那凹凸不平的土地上，生长着许多珍稀植物。雨水从山顶流下来，形成瀑布，真叫一个壮观！瀑布从一千米的高空往下落，还没到地面，就在途中变成水蒸气了。厉害吧？瀑布落到半空自动消失了！看到这，又怎能不为大自然的雄奇而震撼啊！”

“那又怎么样？”

“我是说，‘那辆巴士’要去的地方，可能就是圭亚那高原……不，那里已经成了旅游景点。要去的话，应该是更深远的地方。”

“还有更偏远的地方吗？”

“当然。桌山的后面，还有不为人所知的原始地带，非常可怕。别说是桌子形状的山，就连浴缸形状的都有。”

“那还能叫山吗？”

“你很可能会被扔在浴缸山那里。”

“这……”我正要喝水，因为听到这意外的消息而震惊，一下被呛到了，拼命咳嗽。茧美故意摆出嫌弃的神情看着我，仿佛在看一件丑陋的东西。

“这……”我打起精神，继续说道，“是在打比方吧？也就是说，‘那辆巴士’可能会把我带到像圭亚那高原那样莫名其妙的地方去，是这个意思吧？”

茧美默默放下勺子，伸出粗大的食指挖了点儿冷糕上的奶油，飞快地一甩。我看见奶油飞溅过来，惊慌失措起来。回过神时，才发现那团奶油已经粘在我的鼻尖上。

“喂，小星野，这不是打比方，是大实话哦。也就是说，你很可能被带到圭亚那高原，在雄伟的桌山后面——那片没有人迹的地方被扔下，孤零零一个人……”

“为什么呢？”

“没什么理由吧。我不知道你是怎么看自己的。我告诉你，你现在既没钱，也没有价值，就像一颗小石头一样——路边随处可见的小石头。捡起来也没有半点用处，既不能卖，也不能做装饰品。那怎么办呢？如果是你的话，会怎么办？”

“怎么办……”

“只能把它扔得远远的。或者用来‘打水漂’，看它在河面上跳几下。除此以外别无用处。你的情况就是这样。想象一下那广阔的高原吧，在两千多米高处有一片平坦而开阔的土地……感到头晕了吧？他们就把你孤零零地扔在那里，也就只能这么打发你啦。”

“我要哭了。你不表示一下同情吗？”我说道。

茧美绷着脸，把手伸进身旁的挎包里。

我连忙摆了摆摊开的手掌:“行了，不用给我看。”我知道，她又要拿出那本词典，然后指给我看，“同情”这个词条被涂掉了。

“对了,”我想起刚和我分手的如月裕美,“她说现在顾不上谈情说爱，那到底在忙什么呢?”

茧美竖起一边眉毛，用鄙视的眼神看着我:“小星野呀，你又要自作多情了吗?”

“什么自作多情?”

“明明是你提出分手的，又要藕断丝连，一直惦记那个女人。岂不是太自作多情了吗?”

我无言以对，确实如此。现在，就算如月裕美立刻把我忘掉，为了物色下任男友而去参加派对，或者跟百货大楼前一起排队的某个男人打情骂俏，都和我没关系了。她走她的路，我则要坐上“那辆巴士”，奔赴圭亚那高原那样的地方。

“我告诉你吧。”

“嗯?”

“我告诉你那个女人想干什么。”茧美已经把冷糕吃完，却仍用勺子“哐当哐当”地刮着空杯子，似乎执意要把留有味道的东西全部吃掉。

“你知道?”

“刚才我不是去了趟厕所嘛。经过走廊的时候，有个杂物间，我就瞄了几眼。”

“偷看别人家的杂物间是个好习惯。”我一字一句地说，以便让对方听得出其中的嘲讽之意。

“我看见门边放着一捆绳子，上面还有一张地图。目的很明显吧。”

“地图？圭亚那高原的？”

茧美突然生气了，毫不迟疑地推开手边的玻璃杯。那玻璃杯倒了，向我这边骨碌碌地滚过来。我吓了一跳，心想：“要是掉到地上摔碎了怎么办？在她看来，就算摔碎了也无所谓吧。

“你东拉西扯干什么呢？”她厉声说道，就像对学生的答非所问感到焦急的老师一样。“什么圭亚那高原，那是日本城市地图，住宅区的地图！你看，我用手机拍下来了。”她掏出自己的手机，按了几下，递给我看。

手机屏幕上显示了住宅区的局部地图，上面有手写的圆圈记号，还标有数字。

“这个圆圈是用来做什么的？”

“你还没看懂吗？就是那个女人盯上的目标呀。可能是公寓。你看，这个901，应该是房间号码吧。”

“那旁边这个数字呢？”我指着“901”旁边的四位数问道。

“可能是进公寓时要用到的密码吧。”

我听得目瞪口呆。茧美继续道：“刚才我进厕所时，看见门上有一幅挂历，后天的日期上圈着一朵花，还工工整整地写着‘行动’两个字。这个女人，心里藏不住东西啊。她正跃跃欲试地准备在后天潜入那栋公寓呢。”

她的话沉甸甸的，听得我连下巴都要掉下来了。

过了一会儿，我才回过神来，问道：“我可以擦掉鼻子上的奶油吗？”

快到年末了，天气越来越冷，仿佛在进行最后的冲刺。我穿着黑色外套——这是我仅有的一件外套。茧美则穿着黑色毛衣，外面没穿大衣。

“你忘记穿外套了吧？”我问道。她用可怕的声音回答说：“你敢嘲笑我？”

“噢，词典？”我恍然大悟，“你的词典里应该没有‘大衣’‘外套’之类的词吧？”

“你敢嘲笑我？”茧美拍了我一下。她的手极具破坏力，毫不夸张地说，这一下拍得我的肩膀几乎脱臼。

“你以为我块头大就穿不上外套了？”

“我不是这个意思。”我是想起她穿过的羽绒大衣，才这么问的。她的衣着颜色一般都很雅致，也很有品位。比如现在穿的这件黑色毛衣，虽然不知道是什么牌子，但一看就是高级货。在黑色衣服的映衬下，一头金发显得更加漂亮。不过，“黑色显瘦”的穿衣规则在她身上没有任何效果。

“小偷嘛，如果行动不够敏捷，就是白费劲。穿得一身臃肿，慢吞吞地走，肯定被人抓住啦。所以在这种时候，像你这样穿着外套的家伙就是废物一个。”

“就算你说我是废物，我也得穿。”

“而且，万一要在狭窄的通道上逃跑，外套容易被东西钩住，那时看你怎么办？真是个大白痴。”

“你穿不穿外套都容易被钩住吧！”我说道。

她没有搭理我。

“你这是什么鞋？”我指着茧美的脚问道。与其说是鞋，不如说是袜子更为贴切。

“这叫‘夜行布袜’，没听过吗？难道你进别人家里偷东西还要脱鞋？脱下鞋子，在门口摆整齐，以博得别人的夸奖——哎哟，哪来的大少爷呀，这么有礼貌——你是想这样吗？”

“我们不是来当小偷的吧。”我抬头看着前方的建筑物，“只是来阻止她而已。”

如月裕美谋划着要潜入前面那栋公寓楼。虽然只是茧美根据她家的绳子、地图和挂历推测出来的，我却无法断言说——这不可能。如果是正常人，当然不会贸然去做这种“飞绳大盗”的勾当，如月裕美却很有可能干得出来。

“其实，咱不去拦她也没事。”茧美鼓起腮帮子，看起来像长着圆溜溜眼睛的小动物——不，就她的体格和气魄而言，应该说像巨大的小动物。

“你就随她去吧，好让我领教一下她的本事。如果她偷了什么值钱的东西，我就抢了它。”

“不可能的。”

“什么不可能？”

“顺着绳子爬上九楼，她这个外行根本不可能做到。搞不好会掉下去摔成重伤。就算她走运，没摔下去，也会立刻被人抓住。”

“那也很值得一看嘛。我就等着欣赏她从楼顶坠落吧。”

听了茧美的话，我并没有恼火，只是叹了口气。无论她说什么，我都决定在如月裕美遇到危险时出手相助。

我又望向前方的公寓楼。

公寓有十层，外观颇为时尚。根据茧美的调查，这栋商品房出自著名建筑师之手，刚建成两年。让房地产公司失望的是，这栋公寓并不如想象中好卖，至今还有空房。

“他们想把安全的防盗系统当成卖点。但防盗系统这种东西，越严密就越麻烦，会让住户觉得束手束脚。”茧美说道。

小区周围建有围墙，要进入小区，只能先开门。也就是说，需要输入密码，或者呼叫户主，让对方在室内解锁开门。进入小区，来到公寓楼下，还需要输入密码或者呼叫户主。防盗系统如此严密，只是徒增麻烦而已。

“当然，自己家的门也要上锁。这么麻烦的公寓，谁愿意住呢！另外，他们还和保安公司签订了合同，只要有人打破玻璃窗，或者按响警报，保安就会立刻赶到。这一点也挺让人不自在的。”

我把视线投向901号公寓——从上往下数第二层，从这边看去的靠左第一间，窗户上挂着窗帘。看看手表，将近晚上十二点了，楼里的房间大多已经熄灯。

我们站在投币式停车场旁边，眺望着公寓楼。

虽然有路灯，但四周光线比较昏暗。不过，当一个穿黑衣的女人快步走过来，在围墙前按密码的时候，我还是立刻认出她是如月裕美。她穿着类似于摩托车手服装的黑色连体衣，右肩上扛着一大捆绕成一圈圈的绳子，和我第一次遇到她时一样。虽然看不清脸，但除了如月裕美还会是谁呢？

门开了。黑衣女子的身影消失在小区的围墙下。

“好嘞，开始行动！”茧美迈开脚步，大步向前走去。我紧紧跟在她后头，说道：“她到底想偷什么东西呢？”

“谁知道呀。说不定跟其他小偷一样，看上那些存折和珠宝之类的吧！”茧美飞快按着围墙上貌似计算器的键盘，输入如月裕美标记的四位数字。门开了，我们走了进去。

“她为什么知道这个围墙的门禁密码呢？”

“小星野呀，你怎么啥事都想靠别人。老是问为什么、为什么……我又不是你老妈，别问我！”

“你就告诉我吧，老爸。”

茧美没有搭理我，径直走在通往公寓的水泥路上。这段路还挺长。黑暗中，小区里种植的洋槐树看起来像是屏住呼吸的守卫，那些掉光了叶子的树枝，活像伸出来摸人的手臂。

前方的如月裕美走到入口处时，轻轻转身，消失在公寓楼后面。她应该是想从消防通道的楼梯爬上天台，再用自己心爱的绳子爬到九楼阳台去吧。必须赶快拦住她。我正要向她消失的方向快步追去，却被茧美叫住了：“喂，等一下。走这边。”

我心想：“这边是指哪边呢？”茧美径直走向公寓入口处的大门。我指着如月裕美的方向，想问她为什么不往那边追，却见正面的大门已经打开，茧美输入了密码。她走进大门，直接往里走，也没等我。门口的灯自动亮了，明晃晃地照下来，让我产生临阵脱逃的冲动。

“为什么？”我跟着茧美走进公寓楼，来到大门正面的电梯前。“为什么要走这边？”

“别老是问为什么，我既不是你老妈，又不是你老师！跟你说吧，那家伙应该会从消防通道的楼梯爬上天台，然后用绳子爬到九楼去。你知道为什么吗？”

“因为她想用上绳子。”

“也有这个原因。”茧美从鼻孔里发出哼声，按下电梯的上升按钮，继续道，“应该还有其他更实际的原因。从正门直接进来，到901门口，还得打开门锁才能进去，对吧？所以用正面进攻是不行的，会功亏一篑。相比之下，还不如从阳台打破玻璃窗进去更靠谱。她可能是这么考虑的。你说对吧？”

“有道理。”

电梯到了。我俩走了进去，按下九楼按钮，抬头看着闪亮的楼层显示灯。

“那我们怎么进入901号房呢？”

茧美没有吭声，只是盯着楼层显示灯。

“而且，如果她打破玻璃窗，保安会立刻赶来的呀。那她怎么办呢？”

茧美看都不看我一眼。

“喂，老妈，怎么办呢？”

“你真烦人！”电梯里回荡着茧美的怒吼，“哐当哐当”地摇晃起来。

“对了，她可能不知道有保安公司这回事吧。”

“等着看好戏咯。咱俩现在去901，等着这个白痴女人从阳台爬进来。咱先躲在房里，任她胡作非为，再瞅准时机扑上去。”茧美的外形确实让人难辨国籍，所以给我造成一种错觉——一个金发的外国匪徒正向我发号施令。

“这样做有什么意义呢？”

“可以从心理上打击她呀。”

“没必要从心理上打击她吧。”

“我记得之前也对你说过：人生最大的乐趣，就是从精神上打击别人。”

“我不觉得，而且还要再问一句……”

“别再问了。”

“我们要怎么进入901呢？”

这时，电梯门开了，发出一声轻响。

“走！”茧美沿着长廊大摇大摆地往前走，“等着瞧不就知道了。”话音刚落，她已经走到长廊尽头，按下了901的门铃。她反复而用力地按着，就像在打游戏一样，并拖长声音嚷道：“快开门——！快开门——！不然小偷就要来啦——！”

“我们不也跟小偷差不多吗……”话没说完，我就听到房内传来一阵开门声。门开了，一个女人战战兢兢地探出头来。女人大约二十五岁，一头烫卷的褐色长发十分优雅，睫毛画得很显眼，还精心化了眼妆。我不由得看看时间，快到晚上十二点了，这个女人似乎还准备出门？她虽然穿着便装，但怎么都不像准备睡觉的样子。

我心想：“这个女人太大意了，连门链都不拴。”茧美一把抓住门，毫不迟疑地推开了，发出“砰”的 声巨响，那气势就像要用蛮力把门撕成粉碎似的。抓着门把手的女人反而被茧美拽到了走廊上。

茧美连布袜也没脱，旁若无人地走进屋里，仿佛回到了自己家。我甚至还听到她说了一句：“我回来啦。”我紧跟在她后面，在门口脱下鞋，小声说了句“打扰”，就径直走进屋里。进门就是客厅。

“喂，等一下，等一下！”那女人这才回过神，从后面追上来。“怎么回事？怎么回事？”

屋里的灯亮着，可见她刚才并不在睡觉。

“喂，电灯开关在哪里？”茧美问道。

眼见这么一个庞然大物突然上门，并且以粗暴的方式闯进屋里，那女人自然惊慌失措。她大概还没反应过来是什么状况，既不叫嚷，也没有发怒，只是一个劲地说：“怎么回事？怎么回事？”她甚至还语无伦次地说道：“噢，你想关灯吗？把灯关掉比较好吗？”

“把灯关掉比较好。”茧美压低嗓门，用力点点头。“我们要在黑暗中埋伏。”

“埋伏？”

宽敞的客厅里放着一张大沙发，一个人住的话，这沙发太奢侈了。还有一台大电视机。通往阳台的窗户上挂着厚厚的窗帘。

茧美找到墙上的开关，毫不犹豫地按下，灯光熄灭了。屋里安静异常，连空气中的尘埃都轻轻落向地面，唯恐发出一点声音。

“好嘞，我们就躲在那边的角落吧。”茧美指了指对面的开放式厨房。“喂，你快过来呀！站在那边的浓妆妹，你也过来，躲在这里！”

我虽然跟着走进屋里，但根本不知道该做什么。所以刚听到茧美发号施令，便像顺从的士兵一样跟了过去。

浓妆妹却站在原地没动：“请问……”我心想：“她的语气这么轻松，莫非神经错乱了？”

我猜错了。

“你们是裕美的同伴吗？”浓妆妹问道。

“裕美？”我重复了一遍。此刻浮现在脑海中的，当然只有如月裕美。

这时，窗外传来女人的尖叫声，似乎在叫嚷着什么。站在厨房水槽边的茧美和我对视了一眼。然后我望向浓妆妹——她快步走到窗边，一把拉开窗帘。

黑夜中，隐约看见阳台外有两只脚在摆动。从窗口望去，只能看见上方的两只脚，脚上裹着黑色连体衣。乍一看，有点像楼上晾晒的衣服垂了下来，但那两只脚分明在挣扎乱动。

浓妆妹有些惊慌，冲到客厅门的旁边，在对讲机上按了几下。对讲机上响起一句机器语音：“警报系统解除。”然后她跑回窗边，匆忙打开了窗。

“救命，我下不来了！好绘，救救我！我快掉下去了，快掉下去了！”一阵尖叫声传进屋里。不用说，自然是如月裕美的声音。

“嗯……我只是模仿小偷，并不是真想做小偷呀。”

如月裕美顺着绳子从天台爬下来。因为绳子不够长，被吊在半空。我和浓妆妹用晾衣竿、滑雪板等东西，费了九牛二虎之力才把她拉到阳台边，解救下来。茧美当然不会来帮忙，她坐在客厅的沙发上，喝着从冰箱里拿出来的罐装啤酒，悠闲地袖手旁观，嘴里还喃喃自语：“这出救人大戏一点都不刺激，还不如让她掉下去呢。”

如月裕美总算进了屋。那个叫“好绘”的浓妆妹给她递上毛巾。如月裕美接过毛巾，一边擦汗，一边若无其事地说道：“我知道冬天该怎么御寒了，用绳子吊起来，挣扎一下，就会暖和很多。”

“裕美，你没事吧？要不要喝点什么？”好绘担心地问道。

“嗯……”我不知道自己应该站在哪里，只得站在电视机前，开口问道，“你们俩认识？”

“星野，你为什么在这里？”

“喂，你这家伙，居然想爬进朋友家里偷东西？真差劲！”茧美稳稳地坐在沙发上说道。

好绘似乎也对我们和如月裕美的关系感到好奇。

如月裕美解释道：“嗯……我只是模仿小偷，并不是想真的做小偷呀。”

“模仿小偷？”

“没错，没错。”好绘对我说，“是我拜托她这么做的。”

“啊？拜托她爬进你家里偷东西？”我抱着脑袋，一头雾水，甚至怀疑——如月裕美是因为和我分手，气得失去理智，才故意设计这么一个骗局来报复我。

“嗯……我现在就把事情的来龙去脉告诉你。好绘是我的朋友，在秋田县老家的时候，住我家附近。”

“噢，就是要把生剥鬼节列为限制级的老乡？”

“没错。前不久，我俩才久别重逢。她现在有个男朋友，交往了半年吧。”

“肯定是个没出息的男人吧？”茧美坐在沙发上嘲讽。

“有没有出息不好说……不过给人感觉比较冷淡。”如月裕美平静地说道，“好绘，是这样吧？”

"那叫'酷'啦。"

"说'酷'只是好听些罢了。"如月裕美似乎有些不满,"反正,他对好绘完全不体贴,不过前几天,却难得地给好绘送了件礼物。"

"一枚很昂贵的戒指,像这样的,闪闪发光。"好绘得意洋洋,在自己的无名指上比画了一颗大宝石的形状。

"那男人一定有什么企图。"茧美说道。如月裕美没有搭理她,继续说道:"可是,好绘把它弄丢了。"

"啊?把男朋友送的戒指弄丢了?"我看向浓妆艳抹的好绘。她哭丧着脸说道:"嗯。他要是知道了,肯定很生气。"

"那就让他生气呗。本来就是你的错,居然把这么重要的礼物弄丢了。我怀疑你脑袋有问题。不过,你这男朋友这么小气,肯定没过多久就会问你——我送的戒指在哪里?一旦发现不见了,肯定会大吵大闹的。"茧美笑嘻嘻地说。

"所以,"如月裕美满不在乎地笑着,"这种时候就轮到我出场啦,就当是我偷走了这枚戒指。"

"啊?"我和茧美同时叫出声来。

"既然是被偷走的,那也没办法呀。说不定她男朋友得知后还会同情她呢。按计划,我先爬进屋里,再把她捆起来。这栋公寓设有防盗系统,一旦打破玻璃窗,保安就会立刻赶到。我会趁他们来之前逃之夭夭。总之,就是出现了一个身手敏捷的大盗,偷走了各种东西,其中就包括了那枚戒指。这个诡计不错吧。"

我觉得其中的疑点太多了。正因为太多,反而不知道该说什么才好。现在,我大概明白好绘为什么会在深夜化妆了。按计划,她接下来需要应对保安公司和警察的盘问，她不想素颜面对外人，即便对方是警察。虽然我觉得深夜独自在家还要化妆，未免太不自然了，但女人的心理也许就是这样吧——没化妆的话，谁都不能见。

“既然这样，何必要用绳子呢？”我问道。既然是两人串通好的，就没必要从外面爬进来了呀。

“星野，你想得太简单了。不这样的话，立刻就会露出马脚。这栋公寓在门禁方面管理很严格，她男朋友一定会怀疑小偷是怎么进屋的。如果不用绳子爬下来，不从阳台外面破窗入室的话，就缺乏可信度了。而且你想想，就算要串通造假，也不至于费这么大劲从楼顶用绳子爬下来吧。哪里有人这么傻！”

这里不就有一个吗？我没说出口的话，却被茧美说了出来：“这里不就有一个吗？”

“所以，我故意这么做。说不定他们还能找到目击者，证明有个女小偷用绳子爬下阳台。这样的话，可信度就会高很多吧。”

“为什么选择今天呢？”

“好绘的男朋友有时不打招呼就会跑上门，而且是在大半夜，万一撞上就麻烦了。不过，他今天因为工作还是别的事要出趟远门。所以我和好绘事先商量好，要动手就定在今天。”

“他怕是出去找其他女人了吧！”茧美说道，似乎想让好绘不安。

这时，门铃响了。我和茧美对视一眼，然后把视线转向好绘：“是谁来了？是你男朋友吗？”

“如果是他的话，应该不会按门铃。他有钥匙。”

“大半夜的，难道是推销员？”说着，茧美站起身来，“看看什么情况。”

我本来以为，如果没人搭理，门外的不速之客会自动离开，然而我错了。门外传来轻微的“咔嚓咔嚓”声，听起来挺悦耳的。我不知道这是什么声音，甚至觉得是老鼠在爬。茧美却敏锐地说道：“这是撬锁的声音。有人要撬门进来！”

“啊？”

“可能是小偷。”

“小偷不是已经在这里了吗？”如月裕美指了指自己，茫然地说道。

茧美沿着走廊向外走。我从客厅探出头来看。她走到门边停下来，站住不动，为了不让门外撬锁的人发现，她屏住了呼吸。我也紧闭嘴巴，一动不动。如月裕美和好绘静静地站着。

这时，门外传来开锁的声音，大门向外缓缓打开。

茧美出击了。

她猛地撞开大门，冲出门外。紧接着，外面的走廊上传来惨叫声、怒吼声、人被门撞倒的声音、墙壁震动的声音、拳头多次击打在身上的声音……还有杂沓的脚步声，似乎不止一个人。“别跑！”简短而气势十足的叫嚷，这是茧美的声音。

回过神时，我已经来到门口。在好奇心的驱使下，我向门外的走廊探出头去，只见一团黑乎乎的东西倒在地上，我吓了一跳。一个身穿黑色运动衫的蒙面男人，仰卧在地上，手臂以不自然的姿势弯曲着。应该是被茧美放倒的吧。

我望向右边通往电梯的方向，茧美已经转战到那里，正和两个身穿黑衣的蒙面人对峙。

我看见两个蒙面人手里举着手枪，后背不由得直冒冷汗。他们一定是专门的犯罪团伙。

面对枪口，茧美没有丝毫慌乱。她庞大的身体在狭窄的空间里跃起，一个转身，一记勾拳，把其中一个蒙面人打得蹲下地去，然后用左手将他提起来，挡在另一个蒙面人的枪口前——用作人肉盾牌。在举枪的蒙面人犹豫之际，茧美立刻把手上的人肉盾牌往前扔去，像只大陀螺一样迅猛转动身体，反复踢出几个回旋腿，金色的头发在黑暗中潇洒地飘动。两个蒙面人都被踢飞了，向后倒下。还能听见手枪掉在地上的声响。

茧美面不改色地回到门口，气都没喘一下。"喂，我们快走吧。警察要来了。"

虽然走廊上没有其他人经过，但很可能有人透过门上的猫眼目睹了刚才的搏斗，报警了。我连忙穿上鞋子，向外走去。不知何时，如月裕美和好绘也来到了走廊上。

"那些是什么人？"好绘一脸茫然。

"莫非是生剥鬼？"如月裕美一本正经地回答。

"生剥鬼？你别吓我呀。"

"嗯……"我也有点不知所措，但有些话还是得叮嘱她们，"一会儿警察问起时，可得把话说圆了哦。可以说是你击退了那三个闯进屋里的小偷。"

"我？击退了三个大男人？"

"看你这身打扮，击退三个小毛贼还不是小菜一碟。女飞贼，通常很厉害的。”我指着如月裕美的连体衣，心想：“唉，就此别过，以后再也见不到这个活力十足的女飞贼啦。”

“要不，就说还有另一个小偷，他偷了戒指逃跑了。”

“快走吧。”茧美拉着我的肩膀，朝走廊尽头的消防通道门走去。

“星野。”背后有人叫住我。

我停下脚步，回过头。

“再见啦。”如月裕美说道。

我正为不知该怎么回答而发愁时，她先开口了，一脸严肃又担心地问道：“星野，你需要绳子吗？”

我努力地挤出一丝笑容：“我不太会用这个。”

第二天晚上，我和茧美来到街上，走进一家营业到深夜的快餐店，坐在二楼靠窗的吧台边。看着那细脚的圆凳支撑着茧美的庞大身躯，我十分惊讶，同时也感到忧心，担心它随时会被坐扁。茧美默默啃着汉堡，我照例只能喝水。其实，我口袋里还有些食物，打算到快饿昏的时候再吃。

“我查过那件事了。”茧美眺望着窗外的林荫人道。大概是因为夜已深，路上没什么行人，昏暗的路灯照在无人的街上。这景致本来非常浪漫，但和一个大块头女人并肩欣赏，却令人头晕目眩，像身处滑稽而虚幻的梦境之中。

“那件事？”

“就是昨天那帮家伙，黑衣蒙面人。你还不知道他们为什么要找上门吧？”

那帮家伙最后应该被警察抓走了。如月裕美没有联系我，所以我并不知道真相，只是暗自揣测：既然同如月裕美自编自演的骗局无关，大概是他们偶然盯上了这栋公寓吧。

“那帮家伙就是前不久抢劫当铺的团伙。”

“啊？”

“昨天被我放倒的几个家伙，其中有两个人说的话我听不懂，可能是外国人。之前我不是说过嘛，有家老字号当铺被抢了，就是他们干的。”

听到这意外的消息，我像冷不防挨了记重拳，一时没反应过来，过了好一会儿，才开口问道：“这个犯罪团伙为什么会盯上这栋公寓呢？”

“跟那女人的男朋友有关系。”

“好绘的男朋友？”

“那家伙也是抢劫当铺的同伙。”茧美说道。听她的语气，并不像为了故意贬低而做的主观臆断，而是在陈述一个确凿的事实。可见，她掌握了切实的信息。

“他们抢了当铺之后，把赃物随便分了。那个家伙嘛，就从自己分到的东西里随便挑了一件送给女人，居然把赃物作为送给女人的第一件礼物，真是岂有此理！渣男一个！”

“就是好绘弄丢的那枚戒指吗？”

“听说那帮家伙一向做事没谱，走一步算一步。直到转售赃物时，才发现最值钱的戒指不在手上，确切地说，是那时才知道，他们原本看不上的那枚戒指反而最值钱，其他东西都不值什么钱。”

“就是好绘后来弄丢的那枚戒指吗？”

茧美一边咀嚼汉堡，一边说话，声音含糊不清。我默默地听着，不敢有半句怨言，以免挨揍。

“那些蒙面人，大概知道戒指落到了这个女人手上，想趁她男朋友不在抢回来。”

“这么说来，不就把好绘的男朋友给卖了吗？”

“这些抢劫团伙，翻脸是家常便饭啦。说不定他们抢回戒指后，还会打那女人的主意呢。”

茧美用吸管一口气喝完了饮料。因为力气太猛，塑料杯都被吸瘪了。

“那帮家伙是怎么进入公寓楼的呢？怎么知道密码的呢？”

“谁知道呢？但密码这种东西，只要想弄到，办法多的是。”

“亏他们还把防盗系统作为这栋公寓的卖点呢！”接着，我问茧美为什么要和那三个蒙面人搏斗。她在转眼间就放倒了三个大男人，不知道是出于什么想法。

茧美不耐烦地说：“我也不知道，可能是嫌他们碍眼吧。”

“半路杀出个程咬金，肯定把他们吓得够呛。”

“那帮家伙肯定气疯了，那种人很记仇的。”

“这些没谱的抢劫团伙还有同伙吧，说不定哪天头脑发热，会找你报仇呢。”

“我无所谓。”茧美说得气定神闲，态度从容，就像若无其事地拂去落在身上的火星一样。我不得不承认，这副表情简直酷毙了。

我们又在吧台边坐了半个钟头。我向茧美说明了即将要去告别的第四位恋人——关于她的情况和回忆。茧美跟往常一样，漠然地听着，随口附和一两句挖苦我的话。

快讲完时，茧美忽然说道：“喂，你看。”

“什么？”我问道。她用粗大的手指把面前的玻璃敲得咣咣作响。

“这玻璃怎么啦？你是想表演一段指甲切玻璃吗？”我问。

“不是。”她一反常态地流露出认真的表情，“你看下面那条路……”

我注视着窗外昏暗的夜色。只见林荫道上，有个人影从右往左独自走着——是个女人，身材苗条，动作敏捷，穿着一身黑衣服。

“裕美。”我不由脱口而出。

虽然相距很远，我还是一眼认了出来，因为对她的体形和走路的潇洒姿态印象深刻。况且，在路灯的照耀下，我分明看见那人肩上扛着一捆绕成一圈圈的绳子。

“哎哟，”茧美苦笑，“她这次又要去干啥呢？”

我有一种无力感，同时又觉得很欣慰，畅快地舒了口气。

我不知道她到底要去哪里，打算做什么。但我知道，她并未因为和我分手而气馁，而是坚强努力地生活着。回想起来，以前和她在一起，我也总是为她离奇的举动而提心吊胆。

“加油哦。”我不禁脱口而出。确切地说，应该是“加油哦（汗）”吧。

坐在一旁的茧美掏出词典翻看。我问她查什么，她答道：“我想确认一下，‘睁一只眼闭一只眼’这个词条还在不在。”

四

“是中耳炎。切开鼓膜，去掉里面的脓，就不痛了。”耳鼻科医生说道。他的表情一如既往，像机器人一样面无表情。

“拜托了。”

“真要命。”

神田那美子觉得这话不太对劲，但右耳太疼了，根本无暇顾及别的事，只希望医生能尽快帮她切开鼓膜。

手术很快完成了。整个过程简单得出乎意料。首先听到医生冷冷地说了一句：“现在开始切鼓膜。”紧接着，就是皮被切开，大量液体和泡沫一起流出来的声音，那是耳朵里的积脓。她觉得有点奇怪，为什么这声音听起来这么响呢？其实很好理解——脓是从耳膜最边上流出来的。

耳朵的疼痛立刻消退了。这么快见效，太令人吃惊了。但她站起来的时候，感到有点头晕。她对医生说：“可能最近一直感冒，耳朵疼得没睡好觉，所以很疲劳。”医生仍然用机器人一般的声音说道:“最好打点滴。”

“拜托了。”

“真要命。”

她被护士带到里面的房间，躺在小床上，准备打点滴。不知不觉间，竟然睡着了，直到有人“啊”了一声，她才醒过来。病床周围隔着布帘，声音是从隔壁床传过来的。虽然声音不大，但听得很清楚。

“对哦！”隔壁床的男人叹了口气，喃喃自语道，“怎么办？怎么办？”显然处于慌乱之中。

神田那美子没有说话，后来按捺不住了，开口道:“你没事吧？”她原本是想，不知道这个喃喃自语的男人什么来头，还是不要出声，不要多管闲事为好，但她没有勇气一直装聋作哑。

布帘对面的男人似乎才回过神来:“对不起，我没注意到旁边还有人。”

“没事吧？你好像很难受？”

“嗯……我叫星野一彦。”

“不，我没问你名字……”神田那美子苦笑。她觉得根本没必要自我介绍。

“名字可以……不用说的。”

“噢，你觉得我名字还可以吗？谢谢。”

见对方会错了意，神田那美子不禁愕然，但还是关切地问道:“你身体不舒服吗，怎么一直唉声叹气的？”她的病床围着布帘，隔壁床位应该也一样。她想象话语在两张布帘间穿行的画面。

“身体不太舒服，喉咙痛。不过，我更担心别的事情……”

“你在打点滴吗？是中耳炎？”

“你得了中耳炎吗？我是咽喉炎。医生说肿得厉害，最好打点滴消炎，这样好得快一些……所以我就上当了，发现得太迟了。”

“发现？发现什么？”

“事情是这样的……”躺在隔壁床的星野一彦欲言又止，很快又继续说道，“我可能会被人杀死。”他像是无法独自忍受噩梦的折磨，想找个人倾诉一样。

神田那美子感到惊愕，也开始警惕起来，后悔刚才不该跟他搭话。她看了一眼插在肘部的针管和剩余的药液，想尽快逃离这个地方，可惜药液一时半刻还输不完，她也没有勇气扯下针管扬长而去。

星野一彦接着说道：“我也不知道该从哪里说起，嗯……很久以前，我有个女朋友。”

“现在分手了吗？”

“我和她倒是好聚好散，也没怎么吵闹，心平气和地谈了一下就分手了。但她的父亲非常愤怒。”

神田那美子心想：“疼爱女儿的父亲大概都会这样吧，即使不了解情况，也会觉得对方玩弄了自己的女儿，由此怀恨在心。”

“她父亲不至于要把你杀掉吧？”

“正是如此呀。他可能会在这里把我杀掉，而且还能逃脱法律制裁。”

“在这里？”神田那美子眼前顿时浮现出这样的情景——有人手举利刃从布帘外直刺进来。

星野一彦倒吸一口冷气，说道：“我和她交往期间，她曾提起过父亲的为人……”

“她父亲？”

“她说她父亲喜怒不形于色，就像机器人一样，平时不苟言笑，彬彬有礼，但生气的时候很可怕。但作为一个耳鼻科医生来说，是很优秀的。”

“耳鼻科医生？”神田那美子渐渐听出了端倪，“你的意思是说……”

“刚才医生给我看病的时候，我觉得他有些脸熟，好像在哪里见过。直到躺下来打点滴，我才意识到，他跟我分了手的女朋友长得很像，姓氏也一样。这么一想，这位医生很可能就是……”

“确实，言行举止有点像机器人呢！”

“就是呀。我认识一些朋友，他们也像生化电子人似的，但这位医生显然更加机械化。”

“机器人和生化电子人有区别吗？”

“机器人感觉有些老土。”

“你这么说会挨骂哦。”神田那美子露出一丝微笑。

“我本想取了药就走的，那位医生却非让我打点滴，让我休息一下再走，说这样好得快。他大概已经发觉我就是抛弃他女儿的渣男吧。”

“你该不会认为那位医生要在这里报复你吧？”

“唉……”星野一彦尖着嗓子悲叹，“说不定，这点滴里就掺了什么毒药呢！”

神田那美子强忍着才没笑出声来。她有种冲动，想拉开布帘，看看这个男人此时的表情。

“万一我死掉了，请为我哭泣吧。”星野一彦可怜巴巴地说道。

“为你哭也可以，但最好还是别死吧。”这是她的心里话。一年前母亲病逝时，神田那美子就体会到——有人死去，是一件悲伤的事。

“真要命。”

“真要命？”

“啊？”星野一彦有些疑惑，“不是，我说的是‘遵命’。这里的耳鼻科医生经常把这句话挂在嘴边吧，他不是老爱说‘遵命’嘛？’

原来如此。神田那美子恍然大悟，可能耳朵不舒服，才把医生说的“遵命”听成了“真要命”。不过，对患者说“遵命”的医生确实很少见。她总算明白了怎么回事，心情舒畅许多。

“唉，真没想到，偶然看个耳鼻科都能碰上冤家。”星野一彦慨叹，“全国到底有多少耳鼻科医生呢？”

神田那美子拿出了她的看家本领——计算。

“大概有一万人吧。”

“咦，你连这都知道？”

“我试着计算了一下。”

“计算？这都能算出来？”

“你听说过‘费米推论法’[1]吗？挺有名的。”神田那美子感

1 费米推论法（Fermi Estimate）：由物理学家恩利克·费米提出的推论法。对于一些无法测量的数值，可根据某些线索和条件进行逻辑推论，在短时间内估算出近似值。

到不可思议，不知道为什么聊起这个话题。“比如说，到宇宙的距离有多远，头发的长度全部加起来有多长……这些没法测量的数值，可以通过这个推论法大致估算出来。我刚才就是用这个方法推算的。

“首先要考虑的是有多少人会去看耳鼻科。粗略地设想，一年中至少看一次耳鼻科的人，大概十个人里有一个吧——没什么根据，就是凭直觉，如果五个人里有一个的话太多了；而二十个人里有一个，又觉得应该不止。日本大约有一亿三千万人口，十分之一就是一千三百万人。假设一个人一年要去三次医院，可以推算出一年去耳鼻科看病的总人次约为三千九百万人。接下来，再考虑一个耳鼻科医生一天能给几个人看病。当然，各家医院的医生多少会有出入，粗略估计一下，大约二十个人吧。按一年出诊两百天算的话，一个医生要接待四千个病人。现在，把刚才算出的总人次三千九百万除以四千，就得出九千七百五十人。四舍五入后，大概是一万人。”

“呃……”星野一彦显然很疑惑，“这种算法太不准确，也太草率了吧？”

“其实，用这个推论法估算出来的结果还是挺准确的。”

“你刚才是心算的吗？”

“我对数字很敏感。或者说，我喜欢用算术方式思考。”

“一万人。”星野一彦感慨地说道，“我来看个耳鼻科，碰巧医生是前女友的父亲，这个概率是万分之一啊。”

旁边传来拉开布帘的声音，好像护士过来了。“星野先生，现在感觉怎么样？”一个女人快活地说道，“点滴打完了，我给你拔下来。”随即，她窸窸窣窣地忙活起来。

星野一彦从床上爬起来，向护士道了谢，又战战兢兢地问道：“嗯……医生有说什么吗？”

“也没说什么。”护士回答。

“哦，那就好！”星野一彦显然松了口气，声音变得轻快起来。护士笑着补充了一句：“他只是说，星野先生就是抛弃了他女儿的渣男。”

听到这话，神田那美子忍不住笑出声来。因为躺着笑，不小心呛到了，咳嗽了好一会儿。护士连忙拉开布帘，关切地问道：“你没事吧？”

这就是神田那美子看见星野一彦的第一眼——头发有些凌乱，大眼睛，大耳朵。他腼腆地俯视躺在床上的神田那美子，难为情地点点头，随即又变回一本正经的表情，哭丧着脸，声音颤抖地说道：“我还不想死呀。”护士和神田那美子都大笑起来。

“那些话不会是骗人的吧？”神田那美子脸上露出悲哀的神情。

这间公寓颇有些年头了。神田那美子曾说过：公寓是她叔叔的，因为工作关系，叔叔全家去了非洲，这几年就由她住在这里。素雅的外墙，稳重的格调，从气质上来说，和她这个在税务师事务所认真工作的女人十分般配。

我们坐在餐桌旁。桌子整理得干干净净，连咖啡杯也摆得整整齐齐，把手的角度一致朝右。

神田那美子坐在我们对面，一头黑发扎在颈后。活了三十年，她从未染过发。我们按她指定的时间，上午早早就到了。她精心化了妆，这让我颇感意外，因为她和我见面时几乎从不化妆。然而，今天的妆化得并不好，明显不适合她。我感到一阵心痛。

"我们在耳鼻科诊所第一次见面时，你说有个分了手的前女友，莫非就是这位？"神田那美子朝坐在我身边的茧美瞅了一眼，问道，"事实上你们并没有分手？"

"为什么我非得是什么狗屁耳鼻科医生的女儿呀？"茧美用粗俗不堪的语气反问道。

"我说的那个前女友并不是这一位，而是另外一个人，分手后就再没见过面了。这位茧美嘛，是前不久刚认识的。"

"前不久刚认识，就要结婚了吗？"

"这两个月来，这个男人每天都和我在一起哦。"茧美从外衣口袋里取出一个小盒子，从盒子里拈起掏耳勺，掏起了耳朵。她庞大的身体像个气球，我每次见她掏耳朵，都会担心她被掏耳勺刺穿——砰的一声爆裂开来。

"两个月，也就是一千四百四十个小时。"神田那美子说道。她大概形成条件反射了吧。"换算成电影的话，大概是七百二十部电影的时长，相当于你们一起看了七百二十部电影……"

"可见我俩感情有多深了吧。"茧美翘起鼻子，得意洋洋地说道，"你的计算速度果然很快嘛，我早有耳闻。"

"我从小就喜欢算术，唯一的长处就是认真仔细。对我来说，认认真真地计算，再得出答案，是件非常快乐的事。”正因为认真，所以面对茧美这种身材和性格都非同寻常的人，她也会老老实实地解释。“我所能做的，就是踏踏实实地努力做事。”

“努力？”说着，茧美迅速把手伸进挎包里。我立刻知道她要拿什么了。她“哗啦哗啦”地翻开词典，递给神田那美子看。“我的词典里果然没有‘努力’这个词哦。我和你不是一路人。我这人向来最讨厌计算和算数这些玩意儿了！”

听了这话，我心想：原来如此。但并非是发现了茧美讨厌计算，而是惊异于她也属于人。

“你在学日语？”神田那美子条件反射式地问道，“你是外国人吗？日语说得挺流利呀。”

“据说是混血儿，”我答道，“我也不知道她父母是哪国人。”

“反正，这个男人要离开你这个对数字情有独钟的女人，选择跟我这个连分数加法都不会的女人结婚。你拼命学这些东西到底有什么用嘛？”茧美说得引吭高歌似的。说她故意“挖苦”或“讽刺”对方，其实并不准确。她只是纯粹地喜欢让别人感到屈辱、绝望、无助、难受和悲伤而已。

“一彦君，你真要和这个女人结婚吗？”神田那美子和我同岁，却直呼我为“一彦君”。迄今为止，跟我交往过的女人当中，她是唯一一个这么称呼我的。考虑到今后我不太可能结识新女友了，所以她既是第一个，应该也是最后一个称呼我为“一彦君”的恋人了。

“是的，我决定和她结婚。”我说的不是实话，但只能这么做。

“其实，昨天接到你久违的电话时，我就猜想到你可能要跟我说分手。”神田那美子露出柔弱的微笑。我想起昨天打电话的情形。经她这么一说，我才意识到，她接到我时隔两个半月的电话时，声音里既没有欣喜，也没有生气，而是透出一丝强忍着的悲伤。

“为什么会有这样的预感呢？后来想想，我才恍然大悟。你看那里有个钟。”

她指着厨房柜台的方向——上面摆放着一个长方形的电子钟。

“昨天你打来电话时，我碰巧看了一眼钟。当时是18点18分——‘1818’。”

“讨厌讨厌[1]。”我立刻脱口而出。

她有个癖好——只要看见数字就会把它翻译成日语，换成年号，或者找谐音字，并且以此为乐。这有点像占卜或迷信，给人以牵强附会之感。但对于她来说，却是条件反射。

比如有一次，我在银行窗口排了很长时间的队，等得不耐烦时，她把挂号单递过来，指着上面的号码“25”说：“你看，‘富豪’[2]。在银行拿到‘富豪’号，真吉利！”她故意用这种正能量的话来安慰我。又比如，她看到我买的三位数彩票号码为“105”，立刻噘起嘴说：“这个号码不吉利，准没好事。”

“105怎么不吉利呢？”我问道。她先是支支吾吾地不肯说，

1　在日语中，数字有多种发音。“18”也可以读成“讨厌”的发音。

2　在日语中，数字“25”的谐音为“富豪”。

后来还是告诉了我："我前男友的名字就叫东吾[1]，渣男一个。"即便我自己脚踏五条船，听到她提起前男友，难免还是觉得妒忌。但她已经声明是"渣男一个"，我也就没有再深究。那之后没过多久，我开车时，后视镜碰到电线杆上刮花了。她便吓唬我说："你看，东吾的噩兆应验了吧。"

"不是'讨厌讨厌'，是'拜拜'啦。"眼前的神田那美子说道，"你把'1818'倒过来念，不就成'拜拜'了嘛。所以，我接到你打来的电话时，就下意识地猜到你可能要跟我说分手。"

她经常自夸道："我对数字的解析很准哦。吉利的数字往往意味着会有好事发生。"既然如此，不吉利的数字当然也会应验吧。

"哎哟，哪里是拜拜呀！"茧美向前探出身子。她稍为动一下，就有种空间扭曲的感觉，就好像巨大的气球摇晃产生的风力一样。"这也太牵强了吧！倒过来念算什么事！既然要倒过来念，也应该读成'奶——奶——'[2]嘛。"

如果一个男人这么连呼"奶——奶——"，必定会遭到周围人的白眼及耻笑。但从茧美这个大块头女人口中说出来，却像新物种的叫声，有种不可思议的感觉。

"你的一彦君觉得你的胸部不如我的哦。"茧美继续道。

我顿时愣住，下意识地看向稳坐在一边的茧美的胸部。"哎

1　在日语中，数字"105"的谐音是"东吾"。

2　在日语中，数字"1818"倒过来"8181"可读成"ぱいぱい"，意为"乳房"（幼儿用语）。

呀，你干什么盯着我的胸部？该不会像平时那样猛扑上来吧？”她这话着实把我吓了一跳。大概是为了表现出“猛扑上来”的情形吧，只见她假装双手抓着个大桃子，一边作势啃着，一边摇头晃脑。然而在我眼里，只是一头莫名其妙的生物用脸压碎某种莫名其妙的食物而已。

“我可从来没打过你胸部的主意。”我坦白说道。和她共同行动以来，确切地说是被她监视以来，已经将近两个半月了，我从来没有把她当成女人看待。她的胸部到底有多大，我根本不关心。更何况，她的身体如此臃肿，看上去就像长了手脚的乳房。反正，我从来没有仔细观察过她的身体。如果不考虑大小胖瘦的话，她的相貌倒也不算难看。当然，这已经不是相貌层面的问题了。

“别害羞嘛。要不，咱俩就在这里亲热一下？我无所谓哦。”茧美的大圆脸直凑到我面前。我连忙向后仰。她身上既没有体香，也没有难闻的气味。

我没有回答，偷偷看向神田那美子。她的表情就像冻僵一样，眼里含着泪水。看见她这副模样，我心中十分感慨：“没错，她这人就是这样，在这种情况下不是生气，而是悲伤。”

“其实，和你失联的这两个半月，发生了很多事……”神田那美子说道。看得出，她想努力挤出一丝笑容。我感觉胸口像割裂了一般，风从伤口上呼呼吹过。她用手按着自己的胸口，我很少见她做出这样的动作。

“噢，是不是遇到了别的男人，然后交往了？”茧美信口开河地猜测着，脸上露出沾沾自喜的神情，“我没猜错吧？像你这种正经人，肯定有点小事就会求助于男人。是不是跟哪个偶然出现在税务师事务所的男人来电了？”她得意洋洋地把胳膊抱在胸前。

神田那美子低垂着眉眼，满怀歉意似的，似乎因为辜负了对方的期望而感到过意不去。“不是，不是你说的那样，不是遇到男人之类的事。简单地说吧……”

她的眼睛里含着泪水，即便说话语气很快活，旁人也能一眼看出她在强颜欢笑。我鹦鹉学舌般地重复一遍：“简单地说吧……”

我有一种不祥的预感，很不安。“简单地说吧……”这句话听起来，就像在公布计算题的答案。我脑海中浮现一条算式——她的泪水＋快活的语气＝？我不知道答案是什么，只知道——她的泪水＋快活的语气≠好消息。

“简单地说吧，我可能得了癌——乳腺癌。”

我总算明白她为什么用手按着胸口了。与此同时，我的大脑一片空白，无法思考任何问题。只觉得空气凝固，房间倾斜，天花板也扭曲了，仿佛有只巨大的手从外面攥紧了我周围的世界，想要把我捏碎……那一瞬间，时间仿佛停住了。

我和神田那美子相向而坐。我感到，漫长到无边无际的时间正从身边流走。

打破沉寂的，当然还是茧美。“哎哟，你说的是真的？事情的发展真是出乎意料。”她兴奋地提高嗓门，拍起手来，接着还拍了下我的肩膀，气力之大，差点儿把我拍倒在地。这两个半月以来，她动不动就拍打我的身体，我担心在坐上“那辆巴士”之前，就已经被她的大手摧残得粉身碎骨了……

“这个女人，惨遭你这渣男抛弃，又得了癌，真是祸不单行啊！上次那个车子被撞的女人，简直就是小巫见大巫嘛。”

我一时说不出话来，直勾勾地盯着神田那美子。我想说点什么，头脑中的话语却飘飘扬扬，到处飞舞，抓也抓不住。

“乳腺癌……为什么会这样？”我好不容易才说出一句话来。

茧美抢先答道：“人的身体是会长癌的。你没听过吗，如果任细胞自生自灭，最后迟早会变成癌细胞。所以，人要么得癌，要么在得癌之前死于其他病。我说，你跟这个女人交往期间，难道没有摸过她的胸部吗？没有给她揉一揉吗？如果摸到了硬疙瘩，早该发现了呀。”

“所以……”我说道，“我觉得不敢相信。”

其实，我也知道她的乳房有个硬疙瘩，在触摸时发现的。当时，我就担心会不会是乳腺癌。我告诉了她，并建议她去检查。

“一彦君，对不起。我撒谎了。”神田那美子擦了擦眼角，“很早之前，你就担心这件事了，但我没去检查。”

我顿时目瞪口呆。当时她向我汇报说：“检查过了。医生说没有异常，可能是脂肪块吧。”她半开玩笑似的说道，“多帮我摸摸，把它揉开就好。”生性单纯的我信以为真，松了口气，从此再也没有担心过那块硬疙瘩了。

“为什么没去？”我问道。

“显然是因为害怕嘛。”茧美唾沫横飞，大声说道，“这世上有很多人因为害怕检查结果而不敢去医院的，错过时机再去就太迟啦。”

“真的是癌？”我问神田那美子。茧美的话则被我当成了耳边风。

“还不确定……”神田那美子摇摇头，“详细的检查结果还没出来，所以还不确定。”

“准是恶性的。”茧美的语气十分肯定，似乎非把这不幸的结果变成现实。

我对茧美的话置若罔闻。一般人听到这样的话，应该会怒斥，并让她道歉，怎么能对一个活在绝症阴影下的病人，说出这种恶毒的话呢？她说的话应该受到谴责。照理说，我必须谴责她。然而和茧美相处久了，我发现这么做毫无意义。即使有人满腔怒火地痛骂她，她也不太可能受到打击。她的构造和一般人不一样，无论在精神上还是肉体上。而且我觉得，她伤害别人内心的行为，与人性善恶毫无关系。打个比方，一大群蚂蚁围攻青蛙，把它的身体肢解了，运回蚁穴当成食物，在我们眼里也许觉得很残忍，但对于蚂蚁来说，不这样做就活不下去；再打个比方，马蜂经常蜇人，甚至危及人的性命，确实是危险的动物，但我们无论怎么谴责它都无济于事。茧美那些令人不快的言行也是如此。说实话，如果不这么自我开解，谁能忍受得了呢？

“你做的是乳腺钼靶 X 线检查吗？”我仍然心存期待。如果做的是这项检查，说明还处于乳腺癌检查的初期阶段。

“不是，这项之前已经做过了。”因为否定了别人的话，她似乎感到过意不去。“第一次，去做了超声检查和触诊，然后让我复查。因为有明显的硬块，肯定需要复查的。”

“然后呢？”

“复查的时候，又是做超声检查，还加了项钼靶 X 线检查。胸部被夹得紧紧的，痛得要死。一彦君，你了解这项检查？”

“不了解……”

“这些检查的结果当天就出来了，果然有问题。当然有问题啦，明摆着有个硬块嘛。”

她笑着说道，而我却笑不出来。我猜想，她听到钼靶 X 线检查的结果时，一定笑不出来，必定感到不安而无助吧。就像我小时候等母亲回家时的那种心情——左等右等也没见母亲回来，心里非常担心，坐立不安，把门打开又关上，关上又打开……我打开家里的每一扇门，到处寻找能安慰自己和拯救自己的东西，最终却什么也没找到……她听到检查结果时，大概就是这样的心情吧。我紧紧闭上眼睛，心想：“为什么当时没能陪在她身边呢？”

“然后，医生就让我做个活检。”

“活检？活力检查？”

“是活体组织检查吧？”茧美挥动着手，就像外星人在肢解人体一样。看她那样子，就像炫耀自己做过很多次似的。

“那检查真的很吓人。”神田那美子睁圆了双眼，“我躺下打麻醉时，医生告诉我，‘嗯……这项检查嘛，有些吓人。’我正觉得纳闷，只见他手里拿着一支大针筒，简直就跟用来做凉粉的那种竹筒一样粗。”

“不会用这针筒来扎你吧？”

“就是。针筒前端的针头像锥子一样粗，“扑哧”扎进了我的胸部。针筒里竟然有像弹簧一样的装置，“砰”地一下就把我的身体组织吸了进去。”

“啊——”我忍不住惨叫一声，随即摸了摸自己的胸口。

“因为打过麻醉，所以不痛。不过身体组织被吸走时，我整个身体‘咚’地反弹了一下。真吓人。”

不知为什么，茧美听着，把胳膊抱在了胸前，还连连点头，佩服地说道：“这检查简直是太棒了。医生的事先说明也很棒。”

“检查结果什么时候出来呢？”

“医生说两周后出结果，让我方便的时候去取。”神田那美子看了看墙上的挂历，“明天刚好两周。但明天我有工作要做，走不开。打算后天再去。”

“噢，原来是这样。”

“没事的。”她见我惊慌失措，连忙安慰说，“我已经不害怕了。而且也是多亏了你，我才下决心去检查的。”

“为什么说多亏了我？”我不知道她指的是哪件事。

“为什么说多亏了这家伙？”茧美也皱起眉头。

“前一段时间，你突然失去联系，让我非常担心。我一直在想，你到底去了哪里呢？什么时候会给我打电话呢？可是，这么胡思乱想也很痛苦，所以我下了决心，干脆去做个乳腺癌检查，一分心就能把你忘了。是这样吧，每当有大事需要担忧时，就无暇顾及琐碎小事了。”

“小星野，她说和你分手是琐碎小事哦。”茧美快活地说道，“唉，不过，这样就没劲了。你就不能表现得更痛苦些吗？和你的一彦君分手应该也很难过吧？”

神田那美子没有回答。她脸上露出微笑，眼里又含着泪水。

或许那并不是微笑，而是为了忍住泪水而扭曲的面容。

我问她在哪家医院做的检查。她说了一家离公寓不远的综合医院的名字，随即表情放松下来："就在那家耳鼻科诊所的旁边。"

"噢……"我想起和她初次见面的情形，既觉得眷恋，也有几分苦涩。当时，她去看中耳炎。我做梦也想不到，没过几年，她竟然要活在癌症的阴影下。

"那家万分之一概率的诊所……"

"其实，我一直没弄清楚全国到底有多少个耳鼻科医生。"她说道。

"你的推算思路应该是对的。"

"听说，每年大约有四万人被查出乳腺癌呢。"

"四万？"听起来挺多的。

"听说，从二十岁到三十五岁的女性当中，患病率是百分之三。也就是说，每年有上千个年轻女性被查出乳腺癌。我不知道有多少人做了活体组织检查，大致猜一下，每年大概有一万人和我此时的心情一样吧。"

我不知该如何回答。"一万人"确实是个庞大的数字，但比起那"一万人"，我眼前这"一个人"——神田那美子显然更加重要。人的存在其实与统计和概率无关，就是"一个人"。

"对不起。"明知道不能道歉，但我还是说了。

"我一直想跟你说——那个用装有弹簧的针筒吸取活体组织的检查，想告诉你它有多吓人，就在网上查了一下，这才知道了它的名称。"

"叫什么名字？"

“就叫‘弹簧针活检’。你不觉得很贴切吗？弹簧针，看名字就觉得好笑。”

“确实很贴切。”我想象她独自坐在电脑前检索检查名称的情形，不知道该说些什么，感觉脑子和心里的话在瞬间全都化为乌有了。

临走时，她说道：“一彦君，万一我有事，你知道了要为我哭哦。”

这是和她初次见面时，我曾说过的话。

我心想，当然会的。但又感到绝望，就算她有事，我能不能收到消息还是个问题。而且，她会死去这件事，本身就是无法想象的。

“真要命。”我答道。

听到这句话时，她笑了。

“不可能。”茧美对我说。我们在一家陈列着名贵皮包的海外品牌专卖店里。她粗鲁地摆弄柜台上的高级手提包。戴着白手套以防弄脏商品的店员站在一旁，显然捏了把冷汗，就差说出“这位顾客，这位顾客，您好像没在看包呀，是没打算买吧”这句话了。

“什么不可能？”我在旁边问道。

离开神田那美子的公寓后，我们在归途中偶然经过这家有名的高级品牌专卖店，茧美说：“进去看看。”

“没想到你居然对手提包感兴趣。”

“不感兴趣。不过你上次不是送过手提包给那个带小孩的女人吗？我只是想看看那种手提包要多少钱。”

一走进店里，茧美就大摇大摆地走到柜台前，对漂亮的店员说道：“把这个跟这个拿给我看看。”那颐指气使的语气，就像哪国的王妃似的。

然而，店员把手提包拿出来后，她却不好好看，只是像野兽乱抓猎物一般糟蹋着高贵的手提包。

“你肯定觉得那个女人很可怜，所以想陪她一段时间，等她情况稳定为止。没错吧？”

“也不用这么久，等检查结果出来就行……”

一想到她去医院等候检查结果的情形，我就感到疼痛难忍——是那种胸口紧缩、宛如刀割般的疼痛，痛得让人瘫坐在地。

“不可能。你到底明不明白自己的处境呀？我和你的日程安排已经定好，没空让你和那女人多见一面，或者多说几句安慰话。况且，如果检查结果确诊为乳腺癌，你打算怎么办呢？说几句‘噢，是癌呀？太悲伤了，太遗憾了。就这样吧，拜拜’然后离开？或者说一句‘是癌也别怕，一定能挨过去的’？这种冷笑话，有什么好说的！”

茧美说得唾沫横飞，眼看就要飞溅到手提包上。我条件反射式地伸手，用手掌截住了一滴唾沫星子，另一滴则被戴着手套的店员迅速出手，成功捕获。

“我不说这种冷笑话。”我答道，但同时也意识到，自己被茧美的话戳到了痛处。再过几天，我就不得不被“那辆巴士”带走，根本无法成为神田那美子的精神支柱。

“请问，手提包看完了吗？”店员忍不住说出了口。

“小星野，听好了，你其实只是为了自己而已，你无法忍受自己被‘那辆巴士’带走之后还要担心那个女人是否得癌，所以想在被带走之前知道检查结果，尽可能减少牵挂。如此而已。你想知道检查结果，其实并不是为那个女人着想，只是为了你自己。对吧？”

“你这话说得……”我欲言又止。她这话说得……有道理。正如她所说，即便神田那美子的检查结果确诊为恶性，我也无法为她做些什么。就算可以和她分担那一刻的不安与绝望，我也会很快离开这个城市。

“嘿，小星野，你总算意识到自己有多任性了吧。不过我倒是可以告诉你唯一一个好消息。”

“能不能去掉‘唯一’呀。”

“被‘那辆巴士’带走后，你就没有闲工夫考虑那个女人是否得癌啦。”

“真的吗？”

“你听说过《黑色星期五》吗？”

“噢，你是说那部恐怖片吧？”

“是的。就是片中有个人物叫杰森的那部。”

“噢，那家伙看起来很像你的亲戚。”

她对我的话置若罔闻，继续说道：“在那部电影里，那些被杰森追杀的人，你觉得会有闲工夫考虑‘前女友的癌症检查结果’吗？当然不会。只有过着太平日子的家伙才会去担心别人。”

“我将被带去的那个地方，会有杰森吗？”

“你觉得现实中有杰森这号人吗？”

“在遇到你之前，我一直觉得是没有的。”

我一边说，一边想着，也许连茧美都不太了解“那辆巴士”的具体情况吧。

“请问……”店员再次插话，她的脸色明显难看起来，“我可以把这些手提包收起来了吗？”

“嗯，好的。麻烦了。”我连忙道歉，想尽快离开这个地方。我和茧美的形象显然与这家格调高雅的专卖店格格不入，光是站在这里，就足以拉低这个品牌的档次，甚至拉低这块地皮的价格。这让我于心不安。

“我还在看呢，先别收。”茧美有点生气，接着，她指着陈列柜说，“把那个稍大一点儿的手提包也拿给我看看。”在我们后面，还有很多顾客排着队，等着向店员咨询商品，茧美却毫不在乎。“让你拿，你就拿来看看嘛。”她大声嚷道。高级专卖店里竟然回荡着如此低俗的叫嚷，让我十分难堪。

“这位顾客，请您安静些，别妨碍其他人。”店员的脸颊微微颤抖。她本来是被周围人宠着的美女吧，此时此刻，她端庄的面容却显得有些扭曲。

茧美立刻把手伸进挎包里，取出那本词典，麻利地翻开，递上前去：“你看清楚，我的词典里可没有‘妨碍’这个词。”她把用笔涂掉的词条指给店员看，随即又往后翻：“顺便告诉你，我的词典里也没有‘体谅’这个词。”

接着，她粗鲁地拉开柜台上那只显然很贵的手提包的拉链，掏出里面的填充物，毫无顾忌地摆弄起来，就像徒手撕开小动物的肚子——从里面掏出内脏一样。

店员面露愠色，又不知该怎么办。其他店员正忙于接待客人，无暇顾及这边。

茧美指着里面的货架，让店员再拿别的手提包出来看看。她这家伙，脸皮实在太厚了，或者应该这么说：对处于下风的对手，她最擅长穷追猛打，从来没有丝毫犹豫。店员满脸怒气，但还是努力克制着说道：“我现在去拿，请稍等。您要是好好看的话，我会很高兴的。”最后，她还是按捺不住，小声撂下一句：“请对自己的言行负责。”茧美当然还是无动于衷。

“好吧，我承认。”店员走开后，我把手搁在柜台上说。

“承认？承认什么？”

“正如你所说，我想知道她的检查结果，只是为了我自己。不知道检查结果，实在让我无法忍受。”

“我早说过了嘛，你就是个自私而任性的人。”

店员拿着手提包回来了。她小心翼翼又带着点神经质，把它放在面前，就像把一个刚出生的婴儿放到床上一样。

“我想知道检查结果，并不是为了她，只是为了我自己。你看这样行不行，她后天要去医院，等她去过我再找她，问一下结果就行。”

“如果是恶性的话，怎么办？”

“那我就对她说个冷笑话：是癌也别怕，你一定能撑过去的。”光在这里这么说，我都觉得太损了，甚至拉低了自己的人品。当然，我说这话并非出自本意，只是想引起茧美的兴趣。

果然，她小声嘀咕道：“嗯……这倒是挺有趣的。”但立刻又摇了摇头，“不妥。”她用手乱抓着手提包，却根本没看一眼。

“怎么不妥？”

“万一那个女人为了不让你担心而说谎呢？就算确诊为恶性，也有可能骗你说没事呀。要是这样的话，就没有意义了。只不过是句安慰话而已。”

“有可能。”我脱口而出。就神田那美子的性格来说，完全有这种可能性。她会为了让我安心而说谎。“不过，要是她撒谎，我应该能看出来的。”

“你就算了吧。”茧美断言道，“我和你这家伙相处下来，只明白了一件事——你太单纯了。”

“怎么会。”

“你已经被骗过一次了。之前你不是以为她早就做过乳腺癌检查了吗？”

“确实……”我不得不承认。

“所以我才说不妥嘛。你没办法知道真正的检查结果。徒劳无益，我也不感兴趣。实在太无聊了。”茧美又说得唾沫横飞。一颗大唾沫星子划出完美的抛物线，落在可爱的黄褐色手提包上。

紧接着，就听到“砰”的一声。摆放在柜台上的手提包忽然跳了一下。我觉得纳闷，只见眼前的店员一副吹鼻子瞪眼的表情。这么漂亮的面容毁于一旦，不免令人心痛。刚才好像是她拍了一下柜台玻璃。

“既然这样，找个替身去医院不就行了吗？”店员强压着怒火说道，语速飞快，口齿清晰。“那些大医院，不可能记住每个患者的长相，只要性别一致、年龄差不多就不会穿帮。想知道检查结果，可以装成患者本人去医院，若无其事地问医生，不就行了吗？请你们别再说了，回去好吗？这些名贵的包给你们这样糟蹋，实在太可怜了。至于你们想不想知道检查结果，别人才懒得管呢。”

大概是因为对我和茧美的厌恶，这店员才突然爆发，下意识地说了这番话。说完之后，她仿佛吓了一跳，连忙用手捂住嘴巴。

我和茧美对视一眼，指着店员，异口同声地说道：“好办法！”

“什……什么意思？”店员脸上露出畏惧的神色。

“替身行动”这个方案比较可行，也激发了茧美的好奇心。但我俩刚走出店门，就为由谁去做替身的问题而争执不下。

“我去不就得了？”茧美自告奋勇。

“会穿帮的。”

“会穿帮？凭什么呀。”

“虽然医生不可能记得住每个患者的长相，但若是你，医生肯定会记得的。”

“凭什么呀？刚才那店员不也说了，只要性别一致、年龄差不多就不会穿帮。”

“你的性别可能跟谁都不一致吧。”

“别把我说得像怪物一样嘛。”

“给你做过检查的医生，肯定不会忘记的。你又是个混血儿。”

“就像是相爱的两个人永远不会忘记对方吗？”

"有点儿区别，不过大概类似吧。"我非常庆幸有"大概"这个词的存在。

"那你说怎么办？让谁去呢？"茧美不耐烦地挠挠头，"噢，"她的眼神飘忽起来，似乎在遥远的记忆中搜寻着什么，"让那个女人去怎么样？就是之前刚告别的那个，用绳子的……"

"如月裕美？"

"对，对。那个女人擅长模仿小偷，应该也很乐意冒充病人去医院吧。"

我心想："对呀……"但随即摇头道："已经告别了，还允许见面吗？"如果能再见面，我当然高兴，但又觉得，好不容易才斩断了情丝，要重新告别一次未免太痛苦了。

"这倒也是。"茧美噘着嘴说道，"而且，那个女人恐怕连去医院也要带上绳子吧，非得爬进去才舒服。"出乎意料，茧美很快打消了这个念头，不知道是不是有点害怕如月裕美。

"那怎么办呢？总不能让我男扮女装去问乳腺癌活体组织检查的结果吧。"

茧美突然掏出手机，打起电话来。不知道她要打给谁，莫非要和同伙商量一下？我正纳闷，她已经慢条斯理地讲起了电话：

"我是刚才去过你们店里的顾客。我想跟负责接待的店员说点事。"接着，她絮絮叨叨地描述了刚才在皮包专卖店接待我们的女店员的特征。又过了会儿，她用亲密的语气对着电话说道："哎呀，刚才对不起啦。"可能是联系上那位店员了吧。"找替身去医院的方案是你想出来的，还得请你帮忙。别婆婆妈妈的，就你了。让你去你就去。刚才是谁说'请对自己的言行负责'的？拜托啦。”

这演的是哪一出？简直莫名其妙。我在旁边听得目瞪口呆。

茧美继续说道：“行，没问题。这样吧，我把刚才那个手提包买下来，送给你。算是我给你的礼物。怎么样，你就答应了吧？”

我心想：对方不可能同意的。

然而，那位女店员同意了。

“我只要询问到检查结果就可以了吧？”

第二天，在离医院挂号窗口稍远处的小商店旁，女店员问道。她的年龄肯定比神田那美子小，在体形方面，腰围和胸围也有差异。但应该没那么容易穿帮。

她先来到挂号窗口，说自己忘了带挂号单，要重新挂个号。工作人员让她出示医保卡时，她装作老实地回答：“我忘带医保卡了，今天只是来询问检查结果的。下次一定带。”就这样蒙混过了关。

综合医院里人满为患。一想到有这么多人遭受着病痛的折磨，或为患病而担惊受怕时，我的心情就沉重了起来。环顾四周，宽敞的候诊厅里大概坐着四十多个人。我立刻开始推算：现在，算上诊室里的患者，医院里大约有一百个人吧，因为肯定不止五十个人，但又不到两百人。这样一天下来，大约有三百人来看病。那么一周五天就是一千五百人次……一连串数字毫无意义地出现在我脑海中，我想使用神田那美子所擅长的“费米推论法”，但觉得自己推算出来的答案恐怕会谬之千里，中途就放弃了。这里的大多数人，内心都蒙着一团阴影，犹如渗入体内的墨点。这令我格外忧郁。

乳腺外科在二楼。女店员乘坐自动扶梯上楼。我和茧美稍为拉开一点距离，跟在她后面。

“我穿这身衣服好看吗？”自动扶梯上，茧美指着自己身上的白大褂问道。她虽然绷着脸，但似乎并没有不满。

“白白的，圆圆的，就像雪国的雪窑洞一样。”我答道。

“你无论穿什么都像是垂死之人，死气沉沉。”

我也穿着白大褂。穿成这样，主要是考虑到我俩站着等待的时候，穿白大褂可能不容易引起别人的怀疑。但此刻我才意识到，我俩身穿白大褂站在这里，反而形迹可疑。

“穿便服在候诊厅里等更自然些。”茧美也这么说，但她好像打定了主意——既然已经穿上白大褂，就这么坚持下去吧。为了不引人注目，我俩向靠近角落的地方走去。

女店员坐在诊室前的椅子上，抚摸着从茧美那里拿到的手提包。她左手拿着的那张挂号单，眼看随时就要落在地上，这让我心急如焚。

“那家伙真的很想要那个包呢。店员买不起自己卖的东西，真惨。她的工作，就是把自己想要的东西推销给别人。这种工作只有受虐狂才做得来。‘啊，我真想要这个包，却眼睁睁地看着它被别的女人买走了。啊！’这种自虐的感觉会让她很兴奋吧。”

“谁知道呢。”我平淡地回答。对她的话，认真你就输了。“不过，那女店员真有胆量，冒名顶替还能这么从容不迫。”

“怎么说她也是接待过我的狠角色嘛，还让我对自己的言行负责。这种事还不是小菜一碟？”

我和茧美坐在那里等候女店员被叫到。确切地说，是等候神田那美子的名字被叫到。

“那个神算妞，真的那么喜欢计算吗？”茧美问道。她大概是觉得太无聊，想消磨时间吧。

“是的。”我只答了这么一句，就顿住说不出话来了，内心翻涌起和神田那美子一起度过的时光。我的胸膛，被烙印在脑里的回忆占据了。

在游乐园排队坐摩天轮时，她抬头仰望巨大的摩天轮，数有多少个吊舱，随即心算出来：“三十二个吊舱。三百六十度除以三十二，吊舱与吊舱之间就是十一点二五度。”在餐馆里，她一拿起菜单，就会计算价格和卡路里：“这个豆沙水果冰激凌，和分开点豆沙水果凉粉加冰激凌，价格稍有不同。”我的脑海里清晰地浮现出她的面容——她的表情那样快活，同时也因为自己的计算癖而有点儿难为情……

“我嘛，连小学的数学都学得一团糟。”

“你一开口说话，无论说什么，给人的感觉都像在自夸。真不可思议。”

她到底在哪个国家读的小学也是个谜。

“要我说，算术啦，数学啦，这些玩意儿对我们的人生根本就没用。”

“你说得太绝对了。”

“我老学不会的是那个分数加法，比如说2/3+2/5=？这种题目，不能直接把分子相加、分母相加吧。但我嫌麻烦，总是直接加起来，得出4/8。”

“这是小学生经常犯的错误，不通分怎么相加呢。”

“看你说得好像多了不起似的！”茧美拍了下我的肩膀，让我再次感受到骨裂般的疼痛。“可是，在我们的人生中，什么时候需要用到2/3+2/5呢？你在实际生活中用到过分数加法吗？没有吧？所以，就算我一直做错分数加法，也没什么问题呀。”

“呃……”我模棱两可地附和，“不过，如果不懂计算，还是会碰到麻烦的。加法减法你总得会吧……”

“这些我当然会，你当我是白痴呀？”

我本来想说：“你那词典里一定连‘加法’和‘减法’都被涂掉了。”但我发现女店员不知何时不见了。

“是刚才被叫进去了吗？”

“有可能。差不多也该轮到她了吧。”

进入候诊室后，可能还得坐在长椅上等，应该不用多久就会回来的。

“医生是什么时候知道检查结果的呢？”

“检查结果夹在病历里，要打开病历时才知道吧，就跟奥斯卡金像奖公布结果一样——打开来，宣布说：恭喜你，是癌。”

茧美和往常一样，又开始喋喋不休了。我却没心思搭理她，只惦记女店员什么时候能带检查结果回来。

我心想，一定是良性的。我告诉自己，一定是这样，毫无疑问。一想到神田那美子拿到“恶性”结果时的惶恐心情，我就坐立不安。从昨晚到现在，我一直都在祈祷，能听到好消息，祈祷她没事。

“喂，我跟你说，检查结果已经出来啦。就算你在这里祈祷，也不可能改变了。就好比骰子已经滚动，你再怎么祈祷也没用啦。”

“我知道。”虽然这么回答，我心里却不以为然，觉得结果还没有确定。硬币还处于旋转状态，还在犹豫停下来时应该正面朝上还是反面朝上。如果我现在不祈祷，最后一定是坏结果。

“不管你多么喜欢计算，对数字有多么敏感，最终还不如我这种连分数加法都不会算的家伙长命呢，真搞笑。”茧美说完，又提出，“太无聊了，我们快回去吧。”

“再等一会儿。”

“那就再等十秒。十秒哦。”

茧美像个小学生似的，说什么“那就再等十秒”“那就再试十次”……大概是因为性子急躁，她好像特别讨厌一直等结果，讨厌做多次重复的事。她这种人绝对不适合当研究者。

我目不转睛地盯着诊室。

没过一会儿，女店员的身影出现了。她急匆匆地从诊室里出来，像随时要逃跑似的，蹑手蹑脚地朝自动扶梯走去，根本没看我们一眼。

“咦？”我小声说道，“她要去哪里？”

“她跑掉啦！”

我和茧美赶紧追过去。

在医院门口的附近，我们总算叫住了女店员：“等一下，等一下，到底怎么回事？”

她停下脚步，长舒了口气，这时才回过神来。

“对不起，我太慌张了。”

“慌张？什么情况？检查结果呢？”我很想知道结果，她却想不辞而别。我不由对她产生了一丝憎恨。

“你为什么要逃跑？检查结果有这么可怕吗？”

“噢，还没到这一步。”

“还没到这一步？什么意思？”

“还没轮到我呢。”

“你是说，还没询问医生你就跑了？到底怎么回事？”我回头看了一眼，心想如果真是这样，得赶紧让她回诊室去。

“该不会事到如今你才说不敢去吧？”茧美绷着脸，也是一头雾水。

“不是。我已经进了候诊室，坐在长椅上等了……”

“然后呢？”

“门外偶尔能看到诊室里。我看见了医生的脸。”

“那脸长得很可怕吗？”茧美厉声问道。

“那是我的前男友啊。因为他太花心，我俩才分手的。我都差点儿忘记他是个医生了。”

“差点儿忘记他是个医生……这都能忘吗？”我说道。但扪心自问，我也没信心说自己能记住所有前女友的职业。

“那医生真的是你的前男友吗？”

“以前是在其他医院。诊室门口挂有医生的名牌。我一看姓名，就是他。吓得我赶紧溜走了。”

“噢，”我总算明白了，“这确实是……”

“是呀，一下就穿帮啦。”茧美点了点头。

虽说医生不可能记住每位患者的长相，但看见前女友，还是能一眼认出来的吧。至少，能判断她之前是否来看过病。这样的话，一下就知道对方并非神田那美子本人了。也就是说，“替身行动”的失败只是时间问题。

“怎么会这样！”我仰天长叹，想起在耳鼻科诊所的经历，“怎么又是这个套路……”

“套路？啥意思嘛？”茧美莫名其妙地叫嚷起来，把从旁边经过的一个老人吓了一跳。

第二天，我和茧美来到巴士总站，打算坐巴士去和第五个恋人告别。为了分手而见面，似乎徒劳无益，但这就是我的愿望，必须去。

巴士迟迟未到，我又动了心思。

身穿制服的巴士公司职员不知从哪儿冒了出来，向正在等车的乘客们解释：“因为发生了翻车事故，路很堵，巴士要晚些过来。大概会迟到三十分钟吧。”并向我们道了歉。

茧美一下激动起来，不依不饶地抱怨：“我们正赶时间呢，怎么偏偏在这个时候翻车呢？你们的巴士连直行都不会吗？是在哪所驾校学会翻车技术的？”对方拼命解释说：“不是，并不是我们的巴士翻车了……”茧美却根本不听，一逮着机会就要责骂别人，她就是这副德行。

我站在旁边，对这位穿制服的职员深表同情，也很内疚，在心里默默向他道歉：“对不起，我实在无力管教这个大块头同伙。”突然，我冒出了一个念头——不如趁这空闲去一趟医院？与其在这里傻站三十分钟，不如去一趟医院，跟神田那美子见一面？从巴士总站走过两个十字路口就到医院了。

“你是早有预谋，才指定要来这个巴士站的吧？”听了我的提议，茧美一脸不快地说道。是我说要来这个巴士总站坐车去见下一位恋人的，因为只有我才知道她们住在哪里。

“我没这么想过，是碰巧啦。”

这是实话。但我内心也许一直暗暗期待着：在那家医院附近的话，说不定会碰见她呢？也就是说，事到如今我还不死心，还想知道乳腺癌检查的结果。

“那你也不知道那个神算妞今天几点去医院呀。现在去，就刚好能碰上？你觉得会这么巧吗？”

“还是去看看吧，白跑一趟也没关系。”

“就算她刚好在医院，也可能还没拿到检查结果。怎么可能一切都如你所愿呢？”

“还是去看看吧。”其实我有点儿把握。一直以来，神田那美子去医院都会在上午早早就去，尽量赶在医院刚开门的时候。所以我估计，她很有可能在医院里。

“不去，太麻烦了。”茧美冷漠无情地说，她大概真心觉得烦吧。

“有什么关系。反正在这里等三十分钟也很无聊嘛！”我努力劝说，她却自顾自抠鼻子，假装没听见。我不时看看手表，时限渐渐迫近，巴士快来了。

“你打我一拳！”我心急如焚地说道，“喂，快动手呀！”

“你有毛病啊？”茧美愣了一下。

“别管我，你打就是！”我前言不搭后语地说道。

按照常理，对方大概会觉得：“平白无故，我为什么要打你？”这是常人的反应。茧美却与众不同：“既然你让我打，那我就打咯！”哪怕对自己没有任何好处，她也会奋力出击，这才是茧美。

不出所料，她一下扑了过来。我原以为她会打我的脸，她却猛地一拳击打在我的肩膀上。被她的拳头击中后，我整个人动感十足地飞了出去，摔倒在地。脸擦碰在柏油路面上，颧骨一阵剧痛。我好不容易爬起来，一时视线模糊。

“你让我打，我就打啦。”茧美若无其事地站着。

我用手摸了好几次脸颊，看看有没有出血。

“好嘞。”我抚摸着肩膀，迈开脚步，说道，“我受伤了，要去医院。那边有一家综合医院。”

“你白痴呀？”

“我挨了你一拳，现在受伤了，要去医院。你要叫救护车也可以。”我知道，与其晓之以理，动之以情，不如用这种蛮不讲理的办法。茧美更吃这一套，这是我在这两个半月的相处中学到的。

“真拿你没办法。只有三十分钟哦。”茧美大摇大摆地从后面跟了上来。

医院里铺着亚麻油毡地板，给人一种冷冰冰的感觉，墙壁倒是暖色调的。昨天因为专注于女店员的替身行动，我无暇留意医院的设施。这里除了护士的呼唤声，并没有其他人说话，周围弥漫着阴沉寂静的气氛。

“就算你见到那个女人，也绝不能上去说话哦。”走上自动扶梯前，茧美对我说道，“正如我之前所说，她可能会说谎，不把真正的检查结果告诉你。你问她也毫无意义。”

“那我该怎么办呢？”

“去候诊厅里随便看看，确认一下她在不在就完事了呗。”

“岂有此理……”

“你要是再任性的话，我就真的揍你哦。”

看来，刚才那一拳还不算“真的揍”。光凭这句话也能把我吓得半死。

来到二楼，我们往诊室方向走去。候诊厅里十分拥挤。我们决定从斜前方看过去，站在稍远的地方眺望，跟昨天一样。

“离这么远，能看见那个神算妞在不在吗？”茧美挖苦道。

我可是一眼就看见她了。我用鼻尖示意：“在那儿呢。”

神田那美子坐在从前往后数第三排椅子的最边上。她把头发扎成一束，戴着眼镜。

“看来还没轮到她嘛。”茧美兴味索然地叹了口气，“这样你该满意了吧？又能多见一面，真好。”

我紧闭双眼，开始祈祷：“但愿检查结果是良性的。拜托了。”虽然不知道要拜托谁，反正就这么祈祷吧。

“喂，你看，那家伙为什么在偷笑呀？”茧美小声嘀咕。听了这话，我连忙睁开眼睛，向神田那美子望去。

咦？她的表情确实平静了些，嘴角隐约露出一丝微笑，感觉很放松。

“她在看什么呀？”茧美悄悄地走动，绕到候诊椅后面，装成患者一样往前走。当然，她庞大的身躯太引人注目，许多坐着的人都瞪圆了双眼，随即又露出宽慰的神情。他们大概觉得，连这么强壮的人都要上医院，自己生个病也就没什么不能接受的了。

茧美走近神田那美子身后，似乎发现了什么，又沿着原路走了回来。

“我还以为那个神算妞在看什么呢，其实啥也没有，就拿着一张排队叫号的挂号单。”茧美似乎觉得无聊透顶。

我又朝那边望去，只见她双手拿着张纸片，目不转睛地看着，仿佛注视着刚获得的奖状似的。

“号码是多少？”

“115号。莫非又要整什么谐音吗？”

“啊……”我强忍住从喉头涌起的酸楚。在这里哭出来的话，只怕刚才祈祷求得的好运会化为乌有。出于这一信念，我才强忍住泪水。

“可能是……”我说不下去了，因为害怕自己一张开口就会泪流不止。是“一彦”，“115”念成“一彦”也未尝不可。[1]

我和茧美离开了那里。我中途停下过一次，一边抚摸脸颊，一边回头望去——神田那美子仍然看着手里的挂号单，微笑着。

---

1 在日语中，数字“115”是“一彦”的谐音。

五

运动饮料广告的拍摄现场。

宽敞的摄影棚里，聚光灯下，有须睦子靠在椅背上，把塑料瓶放到嘴边。她背后挂着蓝色幕布，摄影机沿着她的侧脸、脖颈和微露的香肩一路拍摄下来。

“被摄影机拍摄是什么感觉？”时而有人问这样的问题，“业余演员当然紧张，那职业演员是不是就能游刃有余，甚至是从中感受到快乐呢？”

“就是很平常的感觉。”这么回答的时候，有须睦子很注意表情，以免给人一种态度冷淡，或是傲慢自大的印象。有时她只是很平常地回答问题，却被对方认为在“摆架子”。从她懂事起，就多次经历这样的事。

“并没有什么特别的感觉。”

“不愧是职业演员。”

其实，没感觉并非因为自己是职业演员，而是从小就这样。

无论何时，她总能吸引别人的视线，这些视线大多是满怀善意的。

“睦子小姐，我跟你说呀，能当女明星的人跟普通人是不同层次的。”前不久，经纪人佐野这么说过，是在看完有须睦子出演的电影试映后的慰劳宴会上。佐野虽然喝了酒，说起话来却面不改色，一本正经的，无愧于“铁面经纪人”的美称。

“佐野，你说话为什么不能轻松些呢？”

“我感觉挺轻松的呀。”

“每次听你说话，我都紧张兮兮的，像在面试一样。我前几天有见到你哦——在一部老电影里。那个角色看起来跟你一模一样，什么时候拍的？”

“你是指《终结者2》吧？”佐野面无表情地答道，“经常有人这么说。不是说我像施瓦辛格，而是像机器人杀手 T-1000。”

“你是属于 T-1000那种类型吗？”

“别人这么说而已。回到刚才的话题，能当女明星的人都有强大的磁场，能够吸引所有的人，所以跟普通人不一样。”

“磁场……”念出这个词，有须睦子却联想到了“地场产业”[1]，于是就脱口而出，“磁场产业。”虽然知道很无聊。

佐野仍然面无表情，沉默了一会儿，说道：“确实，这一语双关真妙，既指‘磁场’，又指‘地场’。真有意思。”

“这种文字游戏，解释起来就没意思了。”

“人们总被美丽的人吸引过去。当然，也有人会故意移开视线，其实是为了远离磁场。虽然方向不同，但同样受到磁场控制。

1　地场产业：当地传统的特色产业。在日语中，“地场”和“磁场”发音相同。

能当女明星的女人，就是为了当女明星而生的。”

为了当女明星而生——有须睦子不以为然。她之所以对女明星这一职业产生兴趣，仅仅是因为邻居家的小男孩有一次天真地对她说：“姐姐，你真漂亮，不如去当女明星吧？”那个小男孩年纪比她小，还在上幼儿园，长相和名字当然都记不清了。当时，正读小学的有须睦子第一次听说“女明星”这个职业，就对那个说起话来故作老成的小男孩说道：“那你长大了要做什么呢？”小男孩快活地回答：“面包。”她笑了，继续问道：“面包？做面包师傅吗？”小男孩把头摇得跟拨浪鼓似的：“不是，就是面包。我要变成面包！”长大后要变成面包的梦想显然很难实现，但她还是对小男孩说：“记得要变成一块好吃的面包哦。”

佐野听有须睦子说完这件事，脸上没有一丝笑意，只是严肃地说：“人不可能变成面包。”

“啊，有须小姐，笑容很美。请保持笑容。”

她听见有人这么指示，不知道是谁说的。工作人员所在的地方没有打灯，光线很暗，只能隐约看见人影。

她打开运动饮料的瓶盖，喝了一口。等饮料流进喉咙，再说出事先设计好的台词。

“好了，OK。我稍为确认一下。”

听到导演的这句话，摄影棚内的紧张气氛顿时缓和下来。女发型师立刻跑过来，轻触有须睦子的脸，重新理了理刘海的位置。

“喂，你喝过这个吗？”她看着手中的运动饮料，小声问那位女发型师。

“没有。”女发型师摇摇头。

“味道很一般。”有须睦子一本正经地说。女发型师不禁笑出声来。这位女发型师和她年纪相仿，二十五六岁，与她一起共事很久了，却从没摆出过分亲昵的态度，总保持一定的距离，令她很舒心。

有须睦子抬起头，只见一个身穿夹克衫和牛仔裤的男人走了过来，此人的头衔是“创意总监”，主要负责品牌设计、商品广告和形象策略指导等。不过，因为他长得又高又帅，所以经常上电视，很擅长宣传自己。他身穿花衬衫，外面披着夹克。

“有须小姐，辛苦了。马上就结束。”他向有须睦子打了个招呼，微笑着走开了。

“没想到他这么平易近人，”女发型师小声说道，“被大家称为‘当代红人’，却一点架子都没有。”

“不过，被大家称为‘当代红人’却没觉得尴尬，反而得意洋洋的，倒真叫人佩服呢。”有须睦子发现自己语带讥诮，这才意识到“噢，原来自己不太喜欢这个人”。这成了一种常态。她扮演各种角色，说着别人设计的台词，甚至在现实生活中也得掩藏真心。她不知道自己的真情实感到底在哪里，神态和情感总是披着厚厚的铠甲，铠甲下的真实情感无法表露出来，有时候下意识地说出一句话，才若有所悟——原来这才是我的真实感受……

“所谓‘当代红人’，不就意味着昙花一现吗？这种称号，我可不敢要。既然叫‘当代红人’，还是用在村田兆治[1]身上更合适。”

“是谁来着？”

---

1 村田兆治（1949—）：日本职业棒球手、教练。在日语中，“红人”和“兆治”谐音。

"职业棒球乐天队的投手。已经退役了。你没听说过'抡斧式投法'吗？"

"有须小姐，我们到底是不是同龄人呀。"女发型师乐呵呵地说道。

"他虽然已年过五十，还能投出时速一百四十公里的球呢。"说完，有须睦子解释道："我父亲是个超级棒球迷。得知我要当女明星时，他还说，'为了能见到村田兆治，你要努力哟！'"

"看来你入错行啦。"

有须睦子忽然发现，那位"当代红人"不知何时又回到面前，不由吃了一惊，担心刚才的话被他听到。只见他拍了拍有须睦子坐着的沙发一端，大概是想拍掉上面的灰尘吧。这时，一个身穿便装的男人从后面走过来，喊了声"当代红人"的名字。这人一副学生打扮，头发乱蓬蓬的，外表没什么特别之处。

"星野，你等一下。""当代红人"回头对他说道，脸上满是厌烦，"别太靠近这边。"

"明白。不过难得有这种机会，我想问个问题……"被称为"星野"的男人不时看向有须睦子，他脖子上挂着"来客专用"的牌子。

"当代红人"向有须睦子解释道："不好意思。这家伙叫星野一彦，是我读大学时的学弟，他想来这里参观一下。"然后，他转向星野一彦道："别妨碍人家，快走开，走远点儿。"

"我就问一个问题……"星野一彦竖起一根手指。

"请说。"有须睦子回答。对于影迷和围观者的要求，与其一一拒绝，表达不快，倒不如干脆答应更加省事。这是她的经验之谈。

“请问，这是什么味道？”星野一彦指了指塑料瓶。

“啊？”有须睦子和女发型师同时叫出声来。

“刚才我在后面看的时候，忽然想到自己还从没喝过运动饮料呢。我看你喝得这么津津有味，有些好奇……”

“当代红人”一脸狐疑地盯着星野一彦：“你真的没喝过？”

“我平时很少运动呀。”

“不运动也可以喝。”

“真的吗？”星野一彦不像在开玩笑，而是真的感到惊讶。

“你要喝喝看吗？”有须睦子把塑料瓶递过去。她这么做并非出于逗乐，而是有些不耐烦了。

星野一彦兴高采烈地接过塑料瓶，喝了一口。有须睦子静静看着他的反应，问道：“怎么样？”话一出口，她才发现，自己对星野一彦的想法竟然颇有兴趣。

星野一彦龇牙咧嘴地哼了一声，把塑料瓶递了回去，小心翼翼地说道：“这味道很有运动的感觉。”

“当代红人”颇为不满地问道：“这是啥意思？”

女发型师微微一笑。有须睦子却没什么特别的感觉，她身边的男人们经常会故意说些哗众取宠的话，或是做出与众不同的举动，以显示自己的存在感。

“多谢了。”星野一彦没有特别留意有须睦子的反应，只是说了句，“那我过去那边等。”

“星野，你的嘴巴碰到了女明星有须睦子喝过的塑料瓶，居然这么若无其事？”

“啊，对不起。”星野一彦连忙伸手，抓起塑料瓶，用自己的衣袖擦起瓶口来。

“太迟了。碰都碰了，再擦有什么用？”

“还是用衣袖来擦的。”女发型师终于忍不住了，笑着指责。

“有须小姐，对不起。”“当代红人”表示歉意。

星野一彦瞪圆双眼，后知后觉地发出感叹：“噢，原来她是女明星呀！”

这时，连有须睦子也颇觉意外。“当代红人”和女发型师则是目瞪口呆。

“你难道连这个都不知道吗？”

“刚才我在旁边看，就觉得这人真漂亮啊，难怪呢……”星野一彦的语气很真诚，让人觉得他说的句句是实话，没有半句谎言。有须睦子也有了些笑意。星野一彦又补充一句：“给当代红人脸上抹黑了，对不起。”这句道歉的话似乎也满怀真诚，不像在开玩笑。

“你这家伙！”

“不过，‘当代红人’这称号让我想起村田兆治，一位很厉害的投手哦。”星野一彦说道。

“啊？你在说什么？”“当代红人”叹息道，“有须小姐，让你听到这么无聊的冷笑话，我深感抱歉。‘当代红人’能扯到‘村田兆治’，这种冷笑话实在是太低级了。有须小姐，你说对吧？真够差劲的！”

女发型师似乎想说什么，皱起眉头，看向有须睦子。

★★

“那些话也是骗人的吧。”有须睦子对我说道。

她眼里有一股劲，脸上却没有表情，就像戴着能乐面具一样。当然，能乐面具不可能这么富有女性魅力。当我们走进这间坚固的豪华公寓时，茧美冲着有须睦子说的第一句话就是：“你几岁了？”大概是看见了有须睦子没化妆的皮肤，竟然又嫩又滑，显得非常年轻，茧美不禁怀疑自己掌握的信息是否准确。

“三十三。”有须睦子冷冷地回答，“比星野大三岁。”

在广告摄影棚第一次见面时，我和她都只有二十多岁。

客厅很大，至少有三十多平方米吧，我每次来都会感到很震撼。窗户也很大，向外望去，市中心的高楼大厦尽收眼底。第一次应邀上门时，我站在窗前，不假思索地说了一句：“感觉像是坏人俯瞰自己统治的城市一样。”有须睦子听了并没有生气，而是表示认同：“这里确实不像好人住的地方。”

我们坐在客厅的黑色大沙发上。我一边抚摸刚才被茧美打伤的肩膀，一边看着摆放在左边的大屏幕电视机。

“当时，你说不知道我是女明星。这话其实是骗人的吧？”有须睦子没有坐，而是倚靠着墙壁。要是有人让我随意摆出站姿，我肯定手足无措。她却能下意识地摆出自然而潇洒的站姿，大概是因为曾经无数次摆过各种姿势的缘故吧。

以前她曾说：“我已经不知道什么是自然的姿势，什么是自然的表情了。分不清哪一部分是在表演，哪一部分是自己的真实情感。”

“当时我真的不知道，我很少看电视。”

“小星野，真的假的？”坐在身边的茧美粗鲁地说道，“你肯定是想引起这个女戏精的注意，才故意这么说的吧，太明显啦。美女总是被人捧着，如果出现一个貌似对她不感兴趣的男人，说不定反而会勾起她的好奇心。你肯定是打这样的主意吧？”

“女戏精”的称呼未免太滑稽了。

“不是这样的。”

“身为美女嘛，对你这种男人早就见怪不怪啦。无论是对自己感兴趣的男人，还是假装对自己不感兴趣的男人，都已经腻味啦。”

“说得好像你自己就是美女一样。”

从茧美开始监视我，到我们一起行动至今，已经两个半月了，我对她依然很不适应。那分不清是气球还是水桶，又酷似职业摔跤手“屠夫阿布杜拉”的庞大躯体倒也罢了，她那大大咧咧又旁若无人的性格，却实在令人无法免疫。

“其实，正面反面都一样。”茧美自以为是地向后仰坐着，从外衣口袋里取出一个小盒子，打开盒盖，里面有支掏耳勺。她拿出来掏起了耳朵，还像唱歌似的哼着：“啊，好舒服呀。”接着说道：“我这个人嘛，一直以来都是讨人嫌的。最开始是因为我长得块头大，被别人当成个碍事的衣橱——噢，不，我是混血儿，应该被当成西式壁橱才对。后来，我更是被人厌恶，甚至被视为公害，或是缺乏安全管理的核电站。我的人生，是在别人望而生畏的目光中走过来的。”

这话说得没错，她的恐怖程度确实近乎公害，属于穷凶极恶，无可救药，简直让人无从谴责。

“不过呢，”茧美“呼”地一下，把挖出来的耳垢吹走了，继续说道，“偶尔也有些家伙和常人不一样，能和我正常相处。可是，他们往往只是想炫耀——我能和你这种公害和睦相处哦。这两种不同类型的人，我都见得多了。”

“你想多了。”虽然我觉得她说得一针见血。

“咦，我倒是能明白她的感受。我的处境，同她所说的一样。”有须睦子倚在墙边，朝茧美看了一眼。“围绕在我身边的，要么是对我感兴趣的，要么是假装对我不感兴趣的男人。我本来以为星野和他们都不一样，其实也是装出来的吧？”

茧美猛地站起身。她这一站，让人视线摇晃，室内仿佛掀起了风浪，动荡起来。茧美的食指直接指向有须睦子，似乎在示范什么叫粗暴无礼。“你好像还挺冷静的。我跟你说，这个小星野要跟我结婚了，现在是上门来跟你告别的。明白吧？你却故意摆出冷静的样子，算什么意思？真没劲。你哭泣也好，发怒也好，总得来些情绪吧！”

“哭泣，发怒，我已经演得够多了。”有须睦子说道。面对这个明显比常人大一号的茧美，她既没有惊慌，也没有激动，而是直视对方。“我再怎么哭，星野也无动于衷吧。”

“怎么会。”

“至少我自己会无动于衷。因为我已经哭惯了。”

“我最看不惯你这副故作冷静的样子！”

“也不叫故作冷静吧。我只是觉得，你们好不容易来一趟，出于礼貌，也得听你们把话说完嘛。”

“谁管什么礼不礼貌呀！”茧美把手伸进挎包里，掏出词典，翻到某页被涂黑的词条，指给有须睦子看。“你看，我的词典里就没有‘礼貌’这个词。”

“喂，星野，你真的要和这个人结婚吗？”

“什么意思，他和我结婚不行吗？”茧美叫嚷起来。无论别人说什么，她都要没事找事，真是实诚的野蛮人。

“不是这个意思，我只想确认一下。”有须睦子面不改色。

我却有些不淡定。和之前告别的四个女人相比，有须睦子显然更理性，她有一种指挥若定的气度，似乎牢牢掌握着主导权。这大概是因为她一直在用美貌吸引周围人的注意，一直都掌握着各种意义上的主导权吧。

“哈哈，总而言之，”茧美像恍然大悟似的点头，“对你来说，小星野根本无足轻重吧？这也难怪，对女明星来说，像这个男人一样的小喽啰多了去了，正所谓鹤立鸡群。”

“‘鹤立鸡群’不是这么用的。”我纠正道，心里想着，既然她随身带词典，查一下不就行了吗？但必须承认，“小喽啰”的说法倒很贴切。我凭什么和这个既有脸蛋又有演技的实力派女明星交往呢？最想知道答案的，其实是我。

“不是这样的。”有须睦子像和朋友聊天似的，对茧美说道，“星野是我男朋友，对我很重要。”

听了这话，我十分害臊，连耳根都红了，但很快回过神来。“可我决定，要和她结婚了。”

“星野，如果我说绝不分手，你打算怎么办？放弃跟她结婚吗？”有须睦子问道。这话既不像开玩笑，也不像试探，而是很自然地发问。

“不，这是不可能的。”我答道。

“反正你也不至于非他不嫁嘛？是在赌气吧？”茧美口无遮拦地大放厥词，她最擅长瞄准对方内心的弱点，放出恶毒的箭。就像饥饿的食肉野兽扑向其他野兽一样，茧美靠着撕咬别人的心灵而生存。即使被咬伤的野兽呜呜地呻吟，食肉野兽也无动于衷。同样，茧美看见受伤的人呜呜地呻吟时，也毫不在乎。

“不是赌气啦。只不过，我不会和星野分手。我不想和他分手。”

我不知如何作答。我原本以为，有须睦子会干脆地和我分手。

“你不想和他分手也没用呀。不可能就是不可能。就好比你对着太阳说：‘我希望太阳不要落山。’可能吗？该落山的还是会落。”

“我倒是希望太阳落山，所以无所谓。”

“你听着，我们只是来通知你的，这家伙要和我结婚了，所以向你告别。明白吗？我们是来通知你的，不是商量。”

“我绝不会和他分手的。这也不是商量。”

就眼下的状况，我也许该表示一下：“你这样说让我很为难。”但看到有须睦子如此坚决和豪迈地宣称——绝不分手，她是为了我才这么说的，我只感到无比荣幸。从宽敞的窗户向外望去，许多高楼大厦映入眼帘，我觉得自己仿佛置身于浪漫的电视剧中。

“那我就要给你爆料啦。”大概是因为此时的状况前所未见，茧美有些压力，为了发泄不满，她的语气变得更加恶毒。“跟你说吧，除了你，这个小星野还同时跟其他四个女人交往哦。听懂了吗？他可是脚踏五条船哦。五条船！人家是八岐大蛇，他是五船星野！”

她怎么连这都抖出来了？我大吃一惊，有种被出卖的感觉。但我并没有拜托过她“别提脚踏五条船的事”，所以应该感谢她没跟之前四个人说才对。

有须睦子的表情瞬间变得僵硬。“星野，这是真的吗？”语气仿佛质问在商店里偷了东西的中学生。她直起背，从墙边慢慢走过来，坐在我们面前的沙发上。她双腿并拢，斜摆向一边，侧头望着我，举手投足都很优雅。

“嗯，是的。我和几个女人同时交往过。”我坦白认罪。

“怎么样，这家伙可是脚踏五条船哦，你只是其中一个。顺便告诉你吧，其他四个都是普通人，不像你还是个明星。她们有的带孩子，有的像长了猫眼似的，老爱夜里出来行动……总之，都是普通人。你竟然和这样的货色混为一谈！”

茧美故意强调这一点，显然是为了打击有须睦子的自尊心。有须睦子却没有生气，只是隐约流露出一丝悲哀的神色。“其实，我好像也习惯这样的待遇了。说是明星，但不是所有重要的角色都会轮到我来演。我只是众多女演员中的一个，只是候选人而已。有时，因为争取到一个好角色而沾沾自喜，但其实是另外两个女明星推掉了这个角色，才会轮到我……这种情况是家常便饭。可以说，一直以来我就像‘备胎’似的活着。”

我知道，有须睦子的这番话并不是强词夺理。有一次，经纪公司通知她出演一部电影大片的主角，她当着我的面露出畅快的笑容，还握起拳头欢呼。但随即说了句丧气话：“说不定是别人推掉的角色吧，也可能是公司老板靠关系硬把我安排进去的。”她又自嘲似的说道：“无论如何，我毕竟接到了这个角色，应该庆幸。”这事给我留下深刻的印象。她总是很迷惘，不知道什么才是所谓“自己的实力”。

“喂，我跟你说，这怎么能和工作上的事混为一谈呢？既然你是女明星，和你相比的也是女明星嘛。无论谁被选上，无论你是排多少号的备胎，至少其他对手也是明星，是水平相当的女人。但在小星野这里，其他女人都是普通人，你被拿来和这些平庸的女人相比。怎么样？这简直就是一种屈辱！”

“说不定普通人比女明星更优秀呢？”

“怎么可能！”

“谁知道呢？况且，我和星野几个月才见一面。我的工作就是这样，拍摄周期很长，还经常去外地，时间很不规律。我俩相识快四年了，实际见面的次数可能还不到三十次吧。”

茧美皱起眉头，说道：“这也能叫交往吗？有兴趣的时候才见面，不就成女仆了吗？要不，就是小星野成了男招待？”她来回打量我和有须睦子，仿佛看着什么恶心的东西。

“我是想认真交往的。但毕竟一两个月才见一次面，就算星野有别的女人也不奇怪。我当然不乐意，这种可能性却完全存在。只不过，我原以为星野属于那种一出轨就会露出马脚的人呢。”

“这就是他的阴险之处呀。狡猾得出乎意料，处事圆滑，精于算计。”茧美黑着脸望向我。见我像个木偶似的呆坐着，她顿时来气了。那气势汹汹的模样，就像棒球教练盯着外场守卫，怒吼道：“发什么呆呢？好好防守呀！”

我正想说自己不会打小算盘，有须睦子却先开口了。她坦率地说："星野并不是精于算计的人。我猜想，他大概对每个人都是认真的。即便脚踏两条船，无论对哪个，他都全力付出。无论谁病倒，他都会焦急地赶去探望。"

"噢……"茧美紧绷的脸忽然放松下来，就像狂躁的猴子被冷不防地挠了一下背部，瞬间冷静下来。"这家伙好像确实是这样。但他不是脚踏两条船，是脚踏五条船哦。"

"喂，星野，你和其他四个人都告别过了吗？"

"你是最后一个，也就是剩下的。"

"剩下的东西有福气。"有须睦子说道。我心想，她怎会说出这么无聊的话呢？她也是一脸郁闷，显然在为自己脱口而出的话感到后悔。茧美会怎么理解这句话呢？也许她会打开词典，指着被涂黑的地方，说道："放心好了，我的词典里没有这句话。"不光这句谚语，恐怕连"福气"二字也被涂掉了吧。

"最后才到我这里来，是因为我是最重要的恋人吗？"有须睦子面不改色，饶有兴致地注视着我。眼神中既没有期待，也没有信任和自信，正如她刚才所说，只是想确认一下而已。

"不是。"我坐着摸了摸肩膀，"是因为很难约你，最近你都在拍戏吧，是偶然约在了今天。"

有须睦子大声笑了起来："你果然很诚实，不会打小算盘的人才会说出这样的话。你本来可以骗我说'你是最重要的，所以我决定最后来跟你告别'，反正又不会被拆穿。"

"噢……"我有些不知所措。她说得有道理，说一两句这样的假话确实无伤大雅。

有须睦子快活地眯起眼睛，向电视机那边走去。我看着她的背影，感到一阵恐惧：她该不会就这样在房间里消失吧？因为我一直有这样的印象——女明星会从舞台的左右两侧悄然离开，或是在摄像机镜头下突然消失。我甚至有些怀疑，这几年来，她不过是在我面前扮演恋人的角色而已。

然而，她并没有消失，而是走了回来，手里拿着一本薄薄的杂志。“看你们这样子，应该还没看过这个吧？”

“这是什么？”我接了过来。这是一本八卦周刊杂志，以刊登艺人的恋情和隐私而闻名。当然，对于有须睦子来说，这种杂志就像紧紧尾随在身后的天敌一样，总是死缠烂打，令人深恶痛绝。这种东西居然会出现在这里，太违和了，就像在冷战时期的社会主义国家里，忽然看见星条旗随风飘扬一样。我想起以前有一次，在她房间里也见过这一份摊开的杂志，里面有关于她的报道。

“你是说，这杂志上面写了你？”

“写谁？写我吗？”茧美存在感十足的大圆脸凑了过来，“我终于上杂志了呀？”

“这又不是不明生物百科词典。”我把杂志封面指给茧美看，“这是配图介绍明星八卦的杂志。”

“这世上有不八卦的事吗？”

她的词典里兴许还保留着“八卦”这个词。相反，“正经”一词肯定被涂掉了。

我翻开杂志。第一页的标题上，赫然出现了“有须睦子”的名字，还跟着“幽会”“婚外情”“深夜”等字眼。照片上同框的男人也是个影星，四十五岁左右，炯炯有神的目光令人印象深刻。他身材高大，满脸胡碴显得很有野性。他说话时那种冷冰冰又懒洋洋的语气颇有魅力，深受女性观众喜爱。连我这个不太看电视和电影的人都知道这号人物，可见相当有名。

“这是谁呀？”茧美换了个角度看照片，随即笑道，“噢，你这家伙，跟这个男人幽会是吧？”

被称为“这家伙”的有须睦子坦率地回答：“我们不在幽会。一起吃顿饭而已，没必要遮遮掩掩。”

“这标题上写着婚外情，是说这个男人已婚？”

“可能连小孩都有吧。”

“噢，来了，来了！破坏别人家庭的女人！”茧美把浮现在脑海里的话不假思索地说出来，盯着我说道，“喂，你俩彼此彼此。你有别的女人，她有别的男人。我本来以为你俩是个人赛，没想到居然是团体赛！是不忠情侣大对决吗？真搞笑。”

两个半月以来，我失去了所有财产。更确切地说，连未来和希望都被一天天夺走了。在这期间，我唯一的收获，是练成了把茧美那些莫名其妙的话当成耳边风的能力——左耳进，右耳出。

“你和这个人什么时候认识的？”我问有须睦子。半年前，我在这里和她一起看电视，刚好见到这个男人出现在荧幕中。她当时说了一句：“我竟然没跟他合作过呢。”

“就是最近才认识的。眼下正在拍的这部电影里，我和他有对手戏。明年上映，我演主角。导演就是××。”

我对她所说的导演的名字也有印象。他拍的电影，画面和色彩很独特，还会出现很多虚幻的对话和场景。有须睦子很喜欢他的电影。半年前，她知道要出演其新作时，十分欣喜，还在这屋里和我举杯欢庆。“这导演拍的电影有些无聊。”我故意挑刺，她怒怼说：“这叫节奏缓慢，描写细腻。从这个意义上来说，无聊之处才是一部电影的精华哦。”

“眼下拍的就是那部电影吧。”我感慨于光阴似箭。

“这是个机会。”

要说机会，我也赞同。但我不明白她的具体所指，于是直接问道：“什么机会？”

我觉得她应该不会对女明星上位感兴趣。

“享受人生的机会。”

我笑着说：“原来如此。”

茧美却咬牙切齿：“白痴！人生根本毫无乐趣。人生是一条充满苦恼和痛苦的荆棘之路，没有半点好事。”

“嗯，也许吧。”我不想和茧美纠缠，换了个话题，问有须睦子，“哪一方说的是真话？”

“哪一方是指谁跟谁？”

“杂志上说是婚外恋，你的经纪公司看过报道后，却声称你们只是在共进晚餐。哪一方说的是真话？”

“这还用问，肯定有一腿嘛。有一腿，对吧！”茧美像火山爆发似的哇哇大叫，“他们被抓住了把柄也不承认而已。就算被拍到两个人脱光光抱在一起，他们也会装糊涂的。”

“星野，你觉得呢？你觉得这事是真的还是假的？”有须睦子饶有兴致地看着我，随即换了种问法，“或者说，你希望是真还是假？如果我真和这个男人有一腿，你会觉得松了一口气，不至于对我依依不舍了吧？”

“不知道。”我答不上来，不知道哪个答案能让自己得到救赎。很可能，无论哪个答案都无济于事。“但我知道佐野先生一定会大伤脑筋。”

我和她的经纪人佐野先生见过好几面，有须睦子没有向公司隐瞒我俩的事。佐野先生总是面无表情，沉着冷静，不愧有“铁面经纪人”的美称。即使被人批评说死心眼，他还是一板一眼地工作。我对他颇有好感，他却很讨厌我。这也难怪，毕竟我是只能让他的宝贝女明星贬值而不可能升值的男人。“我无意干涉男女私事。但我要告诉你，你确实给我添了很多麻烦。”每次见面，他都会一而再，再而三地告诫我，仿佛这是一句礼貌的问候语。

“佐野总摆出机器人似的面孔对我说：‘有须小姐，你能不能让我省省心呀。’”有须睦子轻轻耸了耸肩。

佐野先生也经常这么对我说：“我可为你伤透了脑筋啊。”每次的语气都一样，让我怀疑他在播放事先录好的语音。

“我先声明，我不会和你分手，因为不想和你分手。”

有须睦子并没有朝我瞪眼，也没有摆出威胁的架势，只是认真地倾诉。

“你听着，”茧美不耐烦地挥挥手，“又不需要办离婚手续。这家伙随时能和你分手，和我结婚。听懂了吗？你就算反对也没用。”

“这我明白。不过，对于不愿分手的人，星野是绝不会抛下不管，扬长而去的。我相信这一点。”

“别傻了，小星野才不是这么高尚的男人呢！喂，你快说话呀，说话呀！说些名句也好，狠话也好，让她痛哭流涕！”

当然，我什么话也说不出。

我和茧美准备离开有须睦子的公寓。并不是她同意分手，而是经纪人佐野先生打来了电话。她接听电话后，对我们说：“我现在必须得出门了。”

“去拍电影？”

“晚上才开始。租借了一家打烊的咖啡馆，九点以后开拍。佐野说现在公寓附近聚集了一些媒体记者，让我提早出门为好。他现在过来接我。”

“是吗？”我稀里糊涂地回答。茧美不知何时站在了我坐着的沙发前，一脚踢向我的膝盖。幸好我闪开了，才没被踢中。这一脚踢在了沙发上。沉甸甸的沙发移动了一下，险些把我摔下来。“‘是吗’个鬼啊，你怎么还优哉游哉的，现在正是时候呀。她有事要出门，那我们正好回去呗。喂，快站起来。就这样分开吧，正是时候。”

她说得对。虽然这样的告别不太圆满，但这样面面相觑下去也无法一刀两断。和有须睦子交往的时候，每次见面都匆匆忙忙，好像在暴风雨中等待风雨暂歇，绝对算不上风平浪静。瞅准这短暂的片刻，两个人悄悄地划船出海……就是这种感觉吧。所以，我觉得这样匆忙的告别方式倒是很符合我和她的这段恋情。

“我不想和你分手。”有须睦子在门口说道。这并不是恳求，而是平静的声明。她大概相信这句话能够挽留我吧。是的，我对这样的话没有抵抗力，很想留下来。然而，“那辆巴士”不会为我停留。

“就这样分手吧。”说完，我走出了门外。

午后的阳光早在外面等着我，明晃晃的，让人觉得有些异样。大概是因为我和有须睦子大多在晚上见面吧。

我迷迷糊糊地走出公寓的大门，站在台阶上环顾四周，只见绿化带附近聚集了很多人。有好几组扛着摄像机或者手持话筒的人。他们看见我们出来，就像狙击手发现敌兵一样，锐利的眼神很快扫视过来，但立刻兴味索然地转向别处。

“噢，那些就是电视台的人吗？”茧美兴致勃勃地说道。

“他们在等她出来。”

“既然这样，采访我们不就得了，对吧？我们刚从她屋里出来。况且，再怎么说你也是和她真正交往过的男人呀。”

“省省吧，我可不想又来一次。”我条件反射式地回答。

“又来一次？什么意思？”茧美在台阶中间停下脚步，“你以前被采访过吗？你在八卦周刊杂志上亮过相了呀？为什么一直瞒着我！”

我并不是故意隐瞒。这原本就是我想忘掉的一段记忆。“大概在两年前，我被人拍到，说是‘有须睦子的热恋对象’。”

“就凭你？”

当时是深夜，我走在小巷里，忽然一阵闪光灯在眼前乱闪。因为太突然，我还以为是一辆大卡车亮着车头灯直冲过来了呢，吓得我一屁股坐在地上。闪光灯闪个不停，我惊慌失措又无法招架，就像被人骑在胯下痛打一顿似的，一股强烈的愤怒和屈辱感油然而生。

“不过，因为我是普通人，照片做了处理，眼睛部位打了马赛克。”

事后，佐野先生对我说了那句问候语：“我可为你伤透了脑筋啊。”语气比平时更加严厉。有须睦子则固执地说：“恋情曝光了，有什么关系呢？无论哪个女明星都要谈恋爱，都要结婚、生小孩的呀，为什么要遮遮掩掩的呢？”她大发了一通牢骚。

“我冒昧地说一句，”佐野先生看我一眼，对有须睦子说道，“我觉得你和星野先生不会长久的。”

“喂，佐野，你也太自以为是了吧！凭什么我非得和星野分手？”

“就因为我是普通人吗？”我也脱口而出地问道。

佐野先生面无表情地摇了摇头：“不是。我只是这么觉得。”

有须睦子笑出声来：“佐野是从未来穿越回来的机器人，不是施瓦辛格扮演的那个哦。你说的话应该很靠谱。我好害怕哦。你是不是还想说自己能预知未来？”

“我不是为了帮助你而从未来穿越回来的机器人。”佐野一本正经地否认。这样子太可笑了，使我忍俊不禁。

我和她的关系并未被深究。因为佐野先生想方设法，倾尽公司之力，成功转移了媒体的注意力。首先散布了有须睦子和某个音乐人热恋的绯闻，那个音乐人当时正崭露头角，比起我这个不起眼的普通人来说，当然更具话题性。八卦周刊杂志和电视综艺节目纷纷热炒这个话题。过了一段时间，再传出两人分手的消息。

“这样不会给那位音乐人添麻烦吗？”我问佐野先生。

“他也有个不愿公开的秘密恋人。这招是一石二鸟。星野先生你听着，你要做的只有一件事，那就是不理会媒体。”

“不理会？”

“无论他们问什么问题，无论怎么死缠烂打，都不要理会他们。”

“这太难了。”有须睦子略带同情地说，“星野是个老好人，就算不想理会，只要对方说声‘拜托了’，或者‘请你说一两句吧’，他就会过意不去。如果不狠下心来，是很难做到无视对方的。”

我想象内心住着红色魔鬼的情形，说道：“我试一下，像魔鬼一样狠心。”

“不可能，不可能，”她笑着说，“你演不了魔鬼。”

“那你可以吗？”

“我什么角色都能演哦。”

媒体只相信他们愿意相信的事，只炒作可能具有话题效应的话题。事情的发展正如佐野先生所料，没过多久，我就从他们的视线里消失了……

“喂，在这里稍等一下吧。”茧美两眼放光。

“等？等谁？”

“等那个女戏精呀。我们在那边等一下，她既然有事外出，很快就会出来的。”

“佐野先生会来接她。”

“我们就等着看热闹吧，看她被那些摄像机围住而不知所措的样子，一定很精彩。”

“你真是个低级趣味的人。”

“我提醒你，否定别人兴趣的时候要慎重一些！”

“我觉得你跟那些狗仔有某种相通之处。”

“某种？具体指什么？”

我在脑海里搜寻着合适的词，沉吟了一会儿才回答道：“顽强。你们都是顽强的生物。”

大约十分钟后，一辆蓝色面包车停在了公寓前。佐野先生从车上走下来。

“那个就是传说中的机器人吗？”茧美指着他说道，“确实长得像机器人，就是那种不出一滴汗也能追上汽车的家伙。”

佐野先生走进公寓里。大约十分钟后，他带着有须睦子走了出来。刚才还在边上等候的记者和摄影师，不知何时已经围聚到大门口，站在宽敞的台阶上。行动可谓神速。

虽然不过十来人，但有人扛着摄影机，所以显得很热闹。被围在人群中的是有须睦子和佐野先生。有须睦子身穿羽绒长外套，戴着墨镜。

“装模作样。”茧美撇了撇嘴。

不一会儿，人群向我们这边移动。佐野先生就像按程序运行的机器人，一步一步走下台阶。记者们想尽量减缓他的速度，但也没有堵住他的去路，而是不太情愿地跟着一步步往前走。就这样慢慢走下了台阶。

“无可奉告。”佐野先生的声音从远处传来，随即淹没在其他人的提问声中。现场不光吵闹，而且气氛紧张，远远看着就令人胃痛。

“哇，感觉真温馨。”茧美抱着双臂，心满意足地点头。

“哪里温馨了？”她的话非常突兀。就像看着血肉横飞、毛骨悚然的恐怖片时，有人痴痴地冒出一句“好想谈恋爱啊”一样。

“看着那些貌似高贵的人被一帮乌合之众纠缠，身心俱疲，焦头烂额，实在太有意思了！”她一边说，一边麻利地掏出词典，好像在查什么词。我瞥了一眼，才知道她在查“乌合之众”。看样子，她并没打算把它涂掉。“就像狮子被一群斑马逼得走投无路一样。太有意思了！”

“就算是狮子，心理也未必多强大。而且，那些拿着话筒和摄像机的人显然和斑马不一样嘛。”

“怎么不一样？”

“没有风险。”我说道，“斑马随时会受到狮子的攻击，而那些记者不会，他们站在安全区。”

“原来如此！”茧美瞪大了眼睛，露出恍然大悟的神情。

“原来如此？”我预感到她没有正确理解我的意思。

“难怪我觉得场面不够震撼呢，原来是缺少了一种‘拼得你死我活’的紧张感，有点儿美中不足。”

有须睦子似乎没有注意到我和茧美也在，只是微微低着头，快步向面包车走去。

“喂，站住，随便说几句呀！”人群中传出一个粗鲁的声音。大概是哪个摄影师或记者吧。这时，有个女人从旁边经过。可能是公寓里的住户。她穿着宽松素雅的连衣裙，腹部隆起，里面塞了个座垫似的。显然是个孕妇。她身材矮小，走起路来稍微有点儿后仰。一个举着摄像机的男人准备绕到有须睦子前面时，撞到了那个孕妇——虽然只是腰部碰到孕妇的胳膊和肩膀，孕妇却发出一声惊叫，打了个趔趄，令人胆战心惊。她用力站稳，非常担心地捧着肚子，脸色瞬间变得苍白。摄影师却没有理会她，只是顾看着摄像机镜头。不知是没有注意到，还是对这种小事不以为意。

站在我身旁的茧美大笑起来，抱着双臂，点头叫好："那种旁若无人的态度真不赖呀。"

我是个性格单纯的人，看见这个摄影师的行径就火冒三丈，想上前去责骂他："你以为自己很了不起吗！真不敢相信！"就在我要冲上去时，一个貌似记者的男人从人群中走出来，上前扶住了孕妇，问道："你没事吧？"然后埋怨了几句那个撞到人的摄影师。

我这才意识到，他们当中也有各种各样的人。一直以来，我不分青红皂白地把他们视为"媒体人"。实际上，他们每个人的道德观和自尊心也各不相同，在工作中各有各的烦心事。他们当中，应该既有好人，也有令人讨厌的坏人吧。

"很好很好，继续呀！"茧美兴奋不已，"那个女戏精怎么没有半点哭相呢？"她嘀咕着，晃晃悠悠地走动着，仿佛在寻找围观位置，逐渐靠近了人群。

就在这时，一个手持话筒的男记者小跑过来，想绕到前面。他大概也在寻找最佳位置吧。因为没注意看周围，他和凑上来的茧美撞到了一起。

只听"扑通"一声，记者倒在地上。他大概还没反应过来发生了什么事，只是一屁股坐在地上，不停地眨眼。他手上的话筒，却抓得紧紧的，令人佩服。

紧接着，我听到了地动山摇的吼叫——当时我确实感觉到地面在颤抖。好几个记者甚至吓得当场蹲了下去。

吼叫声是茧美发出来的。她在用自己星球的语言怒吼。意思无非是:“你凭什么撞我！”“痛死了！”“你走路不长眼睛啊！”……诸如此类吧。虽然我完全没听懂她在吼什么，但明显能看出她在表达愤怒。

“喂，你这家伙，拍什么拍！”茧美伸出食指，朝一个把摄像机对准自己的男人走过去。这个摄影师正是刚才撞到孕妇却装聋作哑的家伙。我不由露出了微笑。眼前这情形，就像令人讨厌的坏蛋在杀人狂魔面前瑟瑟发抖。

“撞到你了，对不起。但摔倒的是我哟。”摔倒在地上的记者好不容易站起身，摸着自己被撞痛的肩膀，嘟嘟囔囔。“你又没受伤。”

那个摄影师迅速走到记者旁边，对着茧美拍摄。看那构图的角度，显然把茧美当成了肇事者。利用拍摄占据上风，这是他们一贯的做法吧。

茧美大声叫嚷，空气都颤抖了起来。

“我有身孕呢！”

啊？我不禁怀疑自己的耳朵。这谎话扯得太离谱了吧。

“刚才被你撞一下，要是我肚子里的孩子有个三长两短，你怎么担当得起？你打算怎么向我和孩子赔罪？”

“你怀孕了吗？”记者沙哑地问道。

“我不是说了吗？啊，怎么，你觉得我不会怀孕吗？你该不会以为我跟那种巨无霸蚁后一样，是一颗颗产卵的吧？”说着，她用右手比画着从嘴里冒出另一张嘴巴的动作。“哺乳动物当然会怀孕！你把我当成什么了！”

我很想插一句：其实我也想知道你是什么。

她瞪着那个手拿话筒的记者，像机关枪扫射似的说道：“我记住你这张脸了。你听着，要是我动了真格，你会很不幸的。赶紧道歉！道歉的话，现在还来得及。给你十秒，赶紧道歉！要是不道歉，哼哼！你有小孩吗？没有？结婚了吗？”记者被她的气势完全压制，一句话也说不出。“如果你现在过得很幸福，我就要把它统统摧毁。万一你现在没有什么值得留恋的，我就会先让你结婚，生小孩，让你过上幸福的生活，再统统摧毁。你听着，你的幸福只是不幸的前奏而已。就让我为你准备好所有的不幸吧！要是惹怒了我，你绝对会后悔的！”

这番话恐怖得超乎想象。那记者和摄影师早被吓得面无血色，仿佛中了魔咒。我觉得茧美这番话不过是泼妇骂街，但她身上有一股霸气，让人对这番咒语心存敬畏。

“对不起。”记者小声说道。

那一瞬间，我冒出一个念头：茧美吼出的这番话，也许是为了给刚才那个险些被撞倒的孕妇出气吧。但我立刻又清醒地意识到：这是不可能的。

她应该只是看见了“险些被撞倒的孕妇”，才想到要自称“孕妇”吧。

有须睦子和佐野先生的身影不见了。我环顾四周，他们已经走到停在路边的面包车旁，准备上车了。

“哎呀，跑掉了！”茧美很快反应过来，“喂，快追。”她撒腿就跑。我不知道她为何对有须睦子穷追不舍，其实根本没必要追。但从野生动物的立场来说，看见猎物逃跑倒是一定要追的。茧美顺从了本能的召唤，向面包车直冲过去。

佐野先生正要关上后排座位的滑动门，突然看见我和茧美猛冲了过来，瞬间僵住。但这不过是机器人的电路在处理数据时，需要一定的反应时间而已。紧接着，他一言不发地让我们上了车。

当那群记者赶来时，面包车已经启动了。

“星野先生，”手握方向盘的佐野先生看着后视镜，对我说道，“我可为你伤透了脑筋啊。”

“这次不能怪星野。”坐在副驾驶位上的有须睦子笑道，“相反，他还帮了我们一把呢！多亏了他，我们才摆脱掉那帮记者。”

“不是我。这是她的功劳。”坐在后排座位的我看了一眼身边的茧美。她正眺望着窗外，像个小孩在欣赏风景。这让我觉得惊讶：刚才大吵大闹说自己是孕妇的那股子霸气跑到哪里去了？

“能再见到你，真开心。”有须睦子对着挡风玻璃说出的这句话，一下钻进了我的耳朵里。“我本来以为那是最后一面了。”

“看你老说不愿意，其实早下定决心要分手了呀。”茧美突然说道。我还以为她没在听，想不到听得这么仔细。

“我不想分手。但正如你刚才所说，分手又不需要办手续，只要星野不再出现，不再和我联系，我就一点办法也没有啦。”

“是的。”我感到胸口隐隐作痛。今后，我应该不会再出现在她面前，也不会再和她联系了。我不得不被“那辆巴士”带走。

车停住了，好像在等红灯。

“有须小姐，你要和星野先生分手吗？”佐野先生手握方向盘，向有须睦子问道。语调一如往常地平淡。

“啊，佐野先生，是的。我们今天分手了。一直以来，给你添麻烦了。”我从后排向驾驶座探出身子，这么插嘴道。

“我并不想分手，是星野想要分手。请你不要误会。”有须睦子对佐野先生说道，“喂，你能不能帮忙想想办法？”

佐野先生没有回答，而是问道：“要去哪里？”虽然他目视前方，我立刻就明白他是在问我。

“你问我，我也不知道……”我没法向他解释说要去坐“那辆巴士”。

“是要去某个地方吗？”

“他要走了。这家伙要去一个可怕得让你们无法想象的地方。”茧美叫嚷道。

车内陷入了沉默，只有汽车行驶的声音。

过了一会儿，佐野先生哼起了一首英文歌。这太突兀了，但他的英语发音非常地道，以至于让我觉得，这只是佐野机器人在启动体内安装的自动点唱机。

不知什么时候已经转为绿灯，面包车继续向前行驶。

我们默默听完了这首歌。

“佐野，这是什么歌？”有须睦子非常惊讶。可见这确实是少有之事。

“这首歌叫《再见，黑鸟》。听过吗？”佐野先生手握着方向盘，说道，“‘收拾我所有的烦恼与悲伤，我就要走了，去有人等我的地方。这里没有人爱我，也没有人理解我……’翻译过来，大概是这个意思。"

我正想问佐野先生为何唱起这首歌，他自己开口了:"黑鸟似乎代表着不祥，或者不幸。'再见，黑鸟'就是说，和黑鸟告别之后，从此就能过得幸福。大概是这个意思吧。"

"噢！"茧美拍了一下手。身形彪悍、态度蛮横的人，拍手的声音果然不同凡响，就像车内有什么东西爆裂了似的。

"小星野，他在说你吧。不祥的鸟，指的就是你。意思是说——再见，小星野。"

"啊？是这个意思吗？"我问佐野先生，他却没有回答。我只好换个问题:"佐野先生，我和她分手，你是不是松了口气？"

佐野先生仍然没有回答。面包车加速行驶，在十字路口向左转。

"女明星的美貌，和普通人的美貌无法相提并论。"佐野先生以一贯的机器人语气开口了，"大家都被其美貌所吸引，甚至有可能因此造成纷争，或者成为一种信仰。"

"没错。"我深有同感地点点头。

"不是我这个经纪人偏心，我认为，即便在众多女明星中，有须睦子也是光彩夺目的。"

"佐野，你说这种话时怎么一脸严肃呢。"有须睦子皱起眉头。

"所以，我无法理解星野先生为什么主动向有须睦子小姐提出分手，而且态度这么潇洒。"

"其实并不潇洒啦……"

"完全没受到她的磁场影响。"佐野先生轻轻摇了摇头。

磁场？我赞同他的说法，有须睦子确实浑身散发着吸引人的磁力。我不知道怎么回答，想来想去，只能从"磁场"的发音牵强附会地联想到"地场"。明知道很无聊，我还是脱口而出地说道："磁场，磁场，磁场产业。"

车内顿时陷入沉默。那一瞬间，佐野先生和有须睦子面面相觑，露出尴尬的神情。

"噢，原来如此。"茧美开始大声嚷嚷，"'磁场'和'地场产业'一语双关。嘿，真有趣，真有趣。小星野，你这话堪称名句啊。太搞笑了。磁场，磁场，磁场产业，太妙了。我要把它记在我的词典上。"说着，她真的掏出那本词典来。

我耸了耸肩膀，表示歉意："对不起，请原谅。"坐在副驾驶座的有须睦子笑了。

"那导演真有眼光，一下发现了我与众不同的魅力。"咖啡馆的桌子旁，坐在我对面的茧美得意洋洋地说道。

"谁都会发现你与众不同啦，你明摆着不像普通人嘛。至于能不能算魅力还要另当别论。"我一边回答，一边环视四周。

我们在咖啡馆里，这里是拍摄现场。各种各样的人到处走来走去：工作人员来来回回地走动，摄影师站在大型摄影机后调整角度。还有些棍子架在上方，大概插着话筒吧。电影就是这样拍出来的吗？我忽然意识到，和有须睦子在她拍广告时初次相见以来，我还是头一次来到她的工作现场参观。仔细一想，我对她的工作并不了解，也没有多大的兴趣。我所喜欢的，并不是正在工作的她，而是不在工作的她。

至于我们为什么会在拍摄现场，则是因为两件意外的事。

第一，拍摄时间有变更。原计划咖啡馆打烊后租场拍摄，现在咖啡馆方面却说拍摄一整天也可以。导演听了喜出望外，兴奋地说："太好了，如果有须睦子能早到，就提前拍摄咖啡馆这一幕。"之前因为天气关系，拍摄进度受到了影响。佐野先生刚把面包车停在咖啡馆的停车场，导演便迫不及待地走过来说："赶快开始拍摄吧。"这位导演一直给人以顽固、执着、有才和古怪的印象，事实也确实如此。他不容分说地下令："马上开拍。化完妆立刻开始。"制片人战战兢兢地向佐野先生确认："比原计划提前了很多，你们来得及准备吗？"导演则颇为兴奋，大大咧咧地说道："好嘞，开工咯。电影这种东西，只要男女主角到齐，总有办法拍的。"

第二件意外的事，是导演注意到我和茧美的存在。他一脸不高兴地问道："这两个家伙是干什么的？"佐野先生立刻帮我们解围："他们是有须小姐的朋友，来参观一下。"茧美却反唇相讥："什么叫'两个家伙'，你以为很了不起呀！我还想问你这家伙是谁呢！"

"我是导演。"

"那教练[1]在哪里？"茧美说道，也不知是不是开玩笑。导演听了，两眼放光地提议："好嘞，你们来当临时演员吧，就演咖啡馆里的客人，没问题吧？感觉你们有种奇特的氛围。"

"有什么奇特的，只不过她看起来高大凶猛而已，还长着一

1　此处原文用的是日语"監督"一词，兼有"导演"和"总教练"之意。

头金发。”我指着茧美说道。导演却没听见，只是来回看着制片人和佐野先生：“喂，没问题吧？”

有须睦子笑着说道：“就让他们试试嘛。”

我和茧美坐在有须睦子和男主角的邻桌。导演走过来，一边安排位置，一边兴冲冲地说道：“你们往旁边一坐，画面就有一种扭曲感。真奇特。”

“还好啦。”茧美大概认为导演在夸她。

“那是因为，你在场的时候，连远近法则都失效啦。”我指出。

桌面上的咖啡杯和玻璃杯摆在哪个位置，都要经过仔细确认。邻桌的有须睦子和男主角不愧是专业演员，光是往那里一坐，就营造出一种光彩夺目的氛围。灯光还没打，就很耀眼了。

“八卦周刊杂志的记者来了？”男主角小声问了一句。有须睦子面不改色地回答：“来了。电视台记者也来了。不就是一起吃了顿饭嘛，就这么围追堵截，真不可思议。”她看都没看我一眼。

从这对话中，我无法判断他俩的关系有多亲密。想到自己竟然如此介意，我不由苦笑。

“你们就坐在这里喝喝咖啡，像平常一样聊天就行。”导演走过来，对我和茧美说道。

“像平常一样聊天说来容易……”我感觉没什么信心，因为茧美说的话大多很可怕，也很可恨，根本不平常。

茧美却满不在乎地一口答应了：“没问题，包在我身上！”

调整好摄影机的位置后，又反复彩排了好几次。我不太了解剧情，只知道这个场景大概是：丈夫出差回来，和妻子在咖啡馆里久别重逢，聊了些琐事后便分开了。

导演一声令下，站在我们和有须睦子桌旁的工作人员立刻退下，只有一个貌似发型师的女人还没离开，仍在有须睦子身边帮她梳理头发。

“喂，星野。”这是来到拍摄现场后，有须睦子第一次和我说话。旁边的男主角吓了一跳，不知道她在跟谁说话，稍稍转过头来。

“星野，这部电影上映后，你会去看吗？”

“啊？”

“毕竟你也出场了呀，上映之后不妨去看看嘛。”

“嗯……”我只能含糊其词地应了一声。不知道这部电影什么时候上映，我大概是看不到了。

“不可能啦。”茧美断然说道。她鼻子喷着粗气，莫名兴奋，感觉用大剪刀剪断了别人的希望和期待似的。“这家伙看不到这部电影啦。”

“为什么？”有须睦子平静地问道。

“出于某种你不知道的原因。”茧美一开口，气氛就变得很紧张。男主角露出僵硬的笑容，敷衍着说道：“这位临时演员好像很有气场啊。”

周围的工作人员和女发型师听见我和有须睦子的对话，感觉有些莫名其妙。

“我不想和你分手。就算分开，我也不分手。”有须睦子一字一句地说道，声音抑扬顿挫，表情却很轻松，以至于让人觉得在做发声练习。甚至连坐在对面的男主角也悠然说道："咦？有这句台词吗？"

"可是，"我的回答声小到谁都听不见，"实在没办法了。"

有须睦子听了，眉毛低垂，露出谈判失败似的表情。我判断不出她是在演戏还是真情流露。"没想到你还是能狠下心来的……"

"喂，小星野，我也一度想去拍电影来着。"茧美忽然冒出这一句。

"喂，要正式拍摄了。"我小声提醒她，她却满不在乎。于是我接着说道："你的梦想实现了，恭喜。"随即又挖苦一句："你应该把'梦想'这个词重新放回词典里去吧。"

"喂，你以前有过什么梦想吗？"

"梦想？"

"虽然你没有未来了，我还是想问一下。小星野，你小时候对将来有什么梦想吗？"

"唉……"我感觉到自己的脸部扭曲起来，"有过很多，最后都没能实现。"

"比如说？"

我厚着脸皮说道："面包。"

"面包？"茧美大声反问，"面包，是指可以吃的那种面包？"

"是的，那时还小嘛。"

不知为什么，我从小就对面包情有独钟，甚至想过干脆自己变成松松软软的面包好了，而且相信自己能做到。更可怕的是，直到小学低年级，我还对此深信不疑。

“喂，你们听见了吗？”茧美突然站起身，也不顾这里是拍摄现场，大声嚷嚷道，“这家伙说他将来的梦想是变成面包，可以吃的那种面包哦。简直就是白痴。笑死人了！”

“快坐下。”我提醒道，“人家要拍摄了。”我抬起头时，刚好和有须睦子四目相接。啊，我差点儿叫出声来。

我还是头一次看见她出现这样的表情。她仿佛卸下了全身武装，露出畅快和迷惘交织的神情，眼中闪烁着泪光，嘴唇微微颤动。

我顿时手足无措，不知发生了什么事。

转瞬间，有须睦子露出了微笑，泪水顺着脸颊流了下来。

“喂，你哭什么呀！”茧美注意到了，生气地嚷道，“要正式拍摄了！”

周围的工作人员开始七嘴八舌，导演也在说着什么。这时，有须睦子忽然开口：“你终究没变成好吃的面包呀。”

“啊？”我感觉自己的记忆受到刺激，预感到某个重要的场景将被唤醒……这一切却被茧美的叫嚷声吞没了。

“喂，经纪人在哪儿？这个女戏精欺负人哦！拍戏时怎么能哭呢？快想想办法！”茧美站起身，环视咖啡馆里的拍摄现场，大概在找佐野先生吧。

她随即发出惊讶的叫声：“喂，机器人，怎么连你也哭了？到底是怎么回事？”

六

现在是傍晚时分，这顿荞麦面不知道该算迟到的午餐，还是提前的晚餐。吃完走出店外时，很多像白色棉絮一样细小的东西从天上落了下来。那一瞬间，我有些疑惑，不知道这遮挡住视线的轻盈之物究竟是什么。太阳渐渐西沉，天色开始变暗，隐约还有些光亮，给这场雪平添了几分虚幻。看见这像粉末又像棉絮的漫天飞雪，我非常震撼，呆呆地站着。

“太好了。小星野，你在这里的末日竟然下雪了，可以当作纪念哦。”

随我走出店外的茧美看着雪，嘿嘿地笑着。

“‘那辆巴士’下雪也开吗？”

我知道，今晚终于要坐上“那辆巴士”了。对于这一天的到来，我并没有翘首期盼，也没有像临刑前一样——整日提心吊胆。总之，我对这件事没什么实感。

茧美曾多次对我说过，我将被带去一个可怕的地方。可是她的说法太不着边际，即便被告知了前方有厄运，在我听来，跟“你不乖就会受罚”这种抽象的威胁并没有两样。

“‘那辆巴士’到底会把我带去哪里呢？比如你说过的……像桌山那样的地方？”

“很可能不是‘像’，根本就是哦。”

“真的是去圭亚那高原吗？”

“而且是更偏远的地方，还没开发成旅游景点，也没有人迹的地方哦。”

“我到了那里，说不定会被改造成机械金身吧？”我回忆起小时候和表哥一起看过的动画片：讲的是一个小伙子在神秘美女的带领下，乘坐蒸汽机车去宇宙飞行的故事。[1]

茧美似乎也听过这个故事，快活地点头。“去到终点时，你会被改造成彻头彻尾的齿轮。这么说来，我眼下的任务和那神秘美女差不多呢！把你这个一无所知的家伙送上‘那辆巴士’，再送到机械星球去。”

人行横道上亮起红灯，我们站在旁边的大楼下避雪。

“你跟那个黑衣美女太不一样了。”

“说真的，如果真是这样，怎么办？你会被‘那辆巴士’送到神秘星球去，改造成机械。”

我有些不以为然。如果现实真是这样，确实无比恐怖。我的肉体将被分解，变成机械的一部分。那么我的意识和自我会有什么变化呢？自我还存在吗？或是完全消失了？自我消失到底是什

1　这部动画片指的是日本科幻漫画家松本零士的作品《银河铁道 999》。

么样的感觉呢？只怕到时连“自我消失”的意识也消失了吧。真是太无助，太可怕了。我想象自己被一只巨手“扑哧”捏碎的情形。令我惶恐的，并不是疼痛，不是粉身碎骨的疼痛，而是“自我”的瞬间消失，换言之，就是“世界”在瞬间终结。但就眼下来说，这种恐惧还是模糊不清的，跟小孩涂鸦的未来世界差不多。虽然隐约感受到一种深陷孤独的不安，如同小时候苦等母亲未归时的心情一样，我内心某处还是乐观地认为：不会比这更可怕了。

茧美似乎看透了我的心思，懒洋洋地说道：“你还没什么切身感受吧。人总是这样，不到临死都不会相信自己会死的。”说着，她掏起耳朵来。这次她是直接用手指伸进耳朵里掏，大概是懒得拿掏耳勺吧。

“你倒是什么都懂嘛，虽然还没死过。”我嘲笑道。

信号灯转为绿色，我和茧美往前走去，但还不确定要去哪里。

这两个半月多以来，我一直处于茧美的监视下，每晚睡在一家破旧的旅店里。这家旅店好像是茧美的同伙经营的。她的这帮同伙，叫他们“集团”“公司”“组织”都不太合适，当然，叫“团伙”也有些别扭。我住的套间有两间房，我和茧美各睡一间。通往走廊的门被反锁了，必须用钥匙才能打开。一开始，我还想趁深夜偷偷逃出去，但当我打开窗户，环视周围时，立刻意识到了——从十楼高的地方是不可能逃掉的。其实我也知道，就算逃走也会被抓回来，也就渐渐放弃了这个念头。确切地说，是选择了比放弃更消极的做法——逃避现实。

快要入睡时，隔壁房间的茧美对我说：“如果你忍不住来了性欲，可以过来袭击我哦。”这情形颇为诡异，像是长着背鳍的大怪兽在高楼顶上直呼:“过来袭击我呀!”言外之意是:“放马过来呀，看我不咬死你!”

“接下来要做什么呢? ‘那辆巴士’几点到?”

“还有一个小时左右。在前面大街的巴士站上车。”

我干笑几声，觉得她在开玩笑。很难想象，那辆前往危险与恐怖之地的巴士，会和购物回家的老人及夜游的年轻人共用一个巴士站。

“我没骗你。”茧美说,“就在东京都营巴士的车站。当然，只有事先预约的乘客才能上车。”

听了她的话，我感觉越来越缥缈了。

“我会死吗?”我躺在按摩椅上，嘟囔了一句。

当我询问“那辆巴士”到来之前的这个小时要怎么打发时，茧美回答:“站在外面太冷了，去找地方吃东西又太麻烦。难得有时间，我带你去享受高级按摩吧，就当为你饯行好了。”

随后，她带我来到附近的家电大超市，径直走到卖按摩椅的区域，对躺在按摩椅上的客人嚷道:“喂，你们不打算买的话就滚，让诚心想买的人试用。你们根本不是在试用，而是在享受吧!”把那些客人赶跑后，她“咚”地一下躺了上去，并对我说:“你也来试试，别客气。”

我有些犹豫，我们明摆着也不是试用，而是来享受的。不过，在和茧美这两个半月多的相处中，我学到了一点:即便纠结于各种细节，逐一停下处理，事态也不会有任何进展。倒不如放弃努力，不再纠结，心无杂念地跳上飞驰的列车，这样倒更轻松些……

"'我会死吗'是什么意思？"茧美反问。按摩椅"嗡嗡"地揉着她的后背。她的身体比正常人大一号，按摩椅却毫无惧色，从容自若地运转着，不愧是高级专业器械。"人都是会死的。"

"不是这个意思。我是说，我会不会被'那辆巴士'带到刑场之类的地方，一到那里就立刻没命？"按摩椅"咕噜咕噜"地按压我的后背，这种疼痛尤其真切；而"那辆巴士"要去的地方，却仍像童话世界。

"那倒不会。虽然那个地方恐怖得要死，但并不是刑场啦。莫非你以为'那辆巴士'是死亡的隐喻，我是送你去那里的死神？"

"我这么想过不下十次呢。"

茧美的说明总是含糊不清，而且不容分说，硬要把我带上"那辆巴士"。这种感觉，就跟人们无法摆脱的"死亡"一样恐怖。如果真有死神存在，我难免要怀疑就是茧美。

"不是的。"茧美断然否认。她闭着眼睛，享受着按摩椅的揉肩服务。"'那辆巴士'并非死亡的隐喻，我是为了完成工作，才把你带到巴士站去的，并不是来自拉美达尔星[1]。"

"你有……"按摩椅的滚轮摇晃着我的脖子，我的声音也随之抖动。"你有男朋友吗？或者说，你已经结婚了？"

茧美睁开一只眼睛看着我："什么意思？难道你真想和我结婚？"

---

1 前文提到的动画片《银河铁道999》中的神秘美女即来自拉美达尔星。

“这些天以来，你一直陪着我，跟去向恋人告别。我突然想到，你又是怎样的情况呢？”

“现在才想到吗？”茧美哼了一声。

“我在这方面比较迟钝。”我坦白承认。可以说，正是迟钝让我走向了毁灭。因为迟钝，我欠下了巨额债务，踩到了别人避之不及的老虎尾巴，还没有意识到事态的严重，最终落得要被“那辆巴士”带走的下场。

“我只是觉得，如果你有男朋友，却得天天陪着我，那就太过意不去了。”

茧美嬉皮笑脸地说：“你真是后知后觉啊。陪着你本来就是我的工作，不必往心里去。而且，你觉得我会有男朋友吗？从来没有哪个家伙特地问过我这件事呢。噢，有一次，不知道从哪里冒出一个喝醉的大叔，赤裸裸地问我，‘喂，你是处女吗？’结果被我打了个半死。所谓‘半死’，可没有一点夸张哦，是真的被打成半死不活的样子。”

我无意打听具体情况。“是不是处女或处男，都无所谓啦。不，也不能说无所谓，只是我没什么兴趣而已。”我回答道，“感觉就跟‘你有没有吃过海鞘’‘有没有去现场看过橄榄球比赛’之类的问题差不多。”

“根本就是两码事嘛。”随着按摩椅的震动，茧美的笑声仿佛变成了电子音效。“性欲，是动物和人类的根本需求，海鞘和橄榄球这些可差远啦。”

不知道两个并排躺在按摩椅上的人为什么非得讨论这种话题。我一时无语，只得附和一句：“是吗？”

“话说回来，别看我长成这样，其实也碰过男人。怎么样，吃醋了吧？没想到居然有男人喜欢我？”

我很想回答“吃醋了”，但不可思议的是，我没有吃醋。而且，我也从没觉得“不可能有人喜欢她”。确实，茧美超出了我的常识理解范围，只能把她看成外星人，或是人类出现前便活跃在地球上的生物，比如恐龙之类的。但和她相处的时间里，我对她的性格和言行的厌恶感正在逐渐减少。即便有人对她抱有普通朋友以上的感情，我也不觉得奇怪。相反，茧美喜欢上谁，才让我觉得无法想象。她会对别人敞开心扉吗？

“我读小学的时候，”茧美在按摩椅上摇晃，嘀嘀咕咕地说道，“有几个全副武装的男人闯进了家里。”

“啊？”我有些猝不及防。

“全家人都被他们绑起来了，用枪指着。”

“你到底在说什么呀？”

“不就说到我第一次跟男人干那事嘛。”

“等一下，等一下，”我连忙制止她，“能不能别说这种阴暗的往事？”

“还没听完，你凭什么说阴暗呢？”

“不用听完，我就有种不祥的预感。”光是听到“我读小学的时候”这句开场白，就知道没什么好事。

“要不换一个。”看见我的反应，茧美得意洋洋地笑道，“我二十岁的时侯……”

“什么叫‘要不换一个’？”

“我偶然遇见上幼儿园时邻居家的小男孩……”

“噢，是那个叫荻野目的小男孩吗？”

我记得茧美曾跟我讲过这事。那小男孩说她是“女怪兽”，结果被打折了手腕。

“你记性很好嘛。没错，我就是和荻野目重逢了。搞不懂他是出于什么样的癖好，反正他说喜欢我这样的女人。”

“原来如此。上幼儿园时，他给你起绰号可能也是因为喜欢你吧。”

“要不就是因为被折断手腕的快感一直烙印在记忆里，所以有种想要被女怪兽虐待的欲望。”茧美转动一下脖子，仍然闭着眼睛。“你觉得哪一个好？”

“哪一个？”

“关于我的初体验，你觉得哪个好？是我全家人被歹徒袭击，还是我和荻野目偶然重逢？如果觉得都不好，我就再换一个。”

“那……”我立刻回答道，“荻野目这个好。”

“那就要这个吧。”茧美仍然闭着眼睛，嘴角露出了微笑。

“‘就要这个吧’是什么意思？”

“所谓的真实，就是这么回事啦。”

我不太理解她这句话的意思，只能猜想她一路走过来，对于自己的过往，也许一直在用各种虚构的故事反复涂改吧。她所走过的路，并不像我和其他人走过的那么平坦，是必须披荆斩棘才能奋力前行的丛林地带吧。也许，她每走一步都会遍体鳞伤，极其残酷，以至于回顾来时路时几乎毫无记忆。无奈之下，她只得随心所欲地编造各种故事，就像把颜料抹在画布上一样，涂改和修饰着自己的过去?

“小星野，和你在一起的这段日子，我渐渐明白你是个什么样的男人了。”

听到茧美的这句话，我强忍住被按摩椅揉捏肩膀的疼痛，睁开了眼睛。这时我才发现，刚才闭上了眼睛。看来，机械的力量不容小觑。它使劲揉捏着我的腿脚，十分舒服，让我差点儿睡了过去。

“上次那个女戏精也说过，你不是那种精于算计的人，不会讲策略。”

“你怎么说得我像个头脑简单的家伙呢。”

“这是事实。你看过足球比赛吗？”

“你的星球上也有足球？”

“有。比赛时，大家不是经常会说‘体系’‘体系’的嘛。”

“大概是阵形的意思吧。”我也喜欢随便看看足球，但只停留在欣赏进球的水平而已。

“总体上说，这就是策略。以什么阵形开局，怎么跑位，才能实现进球的目标。这就是足球的体系。”

“原来如此。”

“可是，你看过小孩踢球吗？不是正式比赛，随便踢着玩的那种。那个就没有体系可言。球滚到哪里，这边十个人和那边十个人都会冲上去抢球。球被踢向相反方向时，大家又是一窝蜂地去追赶。”

“没错，确实有这种印象。”

“你也跟他们一样。”

“啊？我？”

“每次看见心仪的女人，你想都不想就会和她交往。就像小孩子嚷嚷着‘哇，我要泡这个女孩子’而冲上去一样，完全没考虑自己已经有别的女朋友。你只是随心所欲地追赶足球，毫无体系和策略可言。”

我一时语塞，无法反驳。我想她说得确实有道理。

“你真是个奇怪的男人。”茧美语带嘲讽，又有几分快活。“你脚踏几条船，女人们肯定不乐意。一方面，你对别人的感受极其敏感；另一方面，却和几个女人同时交往，完全不把她们当回事。虽然不能说是自相矛盾，心理肯定有些变态。你又不是那种想和各种女人上床的类型，也没打算跟别人比谁的女朋友多吧。”

“是呀，谁多谁少有什么关系呢？”

这时我才注意到，茧美后面的按摩椅上还躺着一个女人，似乎在偷听我们说话。虽然她闭着眼睛，好像睡着的样子，耳朵却竖得高高的。

“我觉得，你可能低估了自己吧。”

“啊？”

“你别误会，我没有高度评价你的意思。我的意思是说，你大概觉得自己没什么太大的价值，即便劈腿，也不会给对方造成多大的打击吧。你觉得自己于对方而言无足轻重。”

“什么意思？”

“比方说，家里的豪车或宝石不见了，肯定会兴师动众。但如果只是丢了条毛巾，就不会怎么追究。你呀，就是把自己当成了一条毛巾。”

“不是啦。”我嘴上这么说，但因为从没这样考虑过，所以不太清楚。

“所以你才会落得这种下场。深思熟虑和精于算计的家伙，不至于坐上‘那辆巴士’。”

“你是在同情我吗？”

茧美假装做出从口袋里掏词典的手势。确实用不着翻找，她的词典里肯定没有“同情”这样的字眼。

“一句话，你太笨了。这跟笔试啦，偏差值啦，都没关系。你就是太笨，所以活得这么辛苦。”

走出家电大超市时，雪已经停了，天色已经变暗。我心想：“天空再一次变亮，太阳再一次露出笑脸的时候，我到底会在哪里？在干什么呢？”想来想去，还是一片空白。

“比方说吧……”

等红灯的时候，茧美冒出了这句话，让我摸不着头脑，不知道她要说什么话。

她接着说道：“你做事从来不考虑后果，一看见眼前有个寂寞的人，就会上前搭讪。”听到这儿，我才明白过来，她是接着刚才在按摩椅上的话题往下说。

“我并没有这么单纯。而且，也没有这么自作多情，不至于以为一跟寂寞的人搭讪就能讨得对方欢心。”

“你不是自作多情，是忍不住要这么做，就算讨人嫌、被人骂，还是忍不住要去搭讪。”

“说得我跟圣人似的。”

“圣人，剩人！”茧美说了句冷笑话，但好像只想把脑海里浮现出来的无聊例句念出来而已。“你想通过向别人搭讪，通过帮助别人来勉强维持自己的价值，以寻求慰藉。”她斩钉截铁地说道，“如果我被人掳走的话……”

“谁能把你掳走？”我的脑海里浮现出这样的情景：巨大的野兽一口咬住茧美，把她叼走；要不然，就是巨大的怪鸟用嘴衔着她的后脖颈，向天空飞去。

“如果发生这样的事，你肯定会来救我的。”

“我去救你？我怎么打得过能把你掳走的家伙？”我想象自己弯弓搭箭，射向在空中翱翔的怪鸟。然而，我射出的箭要么射程不够，要么轻易地被折断了……

“明知打不过，你还是会想尽办法。你就是这种人，因为不会计算得失。”

“计算得失我还是会的，我还会权衡利弊。”

茧美轻蔑地冷笑：“你这人真有意思。”

这时，车道信号灯由绿转黄，眼看就要转为红灯时，一辆白色旅行轿车突然闯入视野，滑到我们面前，一个急刹车停住了。

我不知道发生了什么事。身旁的茧美以及其他等红灯的路人，总共也就三五个人，全都呆立不动，直盯着那辆旅行车。

忽然听到一声雷鸣般的巨响。

旅行车的车门打开了，几个穿着搬家工人连体制服的男人跳下车来。他们冲到我身边，用大布袋蒙住茧美的脑袋，同时各有两人用胶带之类的东西捆住她的手脚。然后，一个和茧美身高相近，估计有一米九的高个子男人走到身后，朝她的膝窝踹了一脚。

手脚被捆住的茧美顿时双膝一弯，轰然倒地，被布袋蒙住的脑袋撞到地面上。头一次看见茧美摔得这么惨，我感到无比震惊，身体更是无法动弹。

那帮家伙迅速扛起茧美，就像搬家工人合力搬运重物一般，麻利地把她塞进旅行车里。随即，他们全都跳上车，“砰”地关上车门。旅行车迅速启动，扬长而去。

人行横道的信号灯正在闪烁，不知是什么时候转为绿灯的。呆在原地的我和其他几人这才回过神来，有人嚷嚷起来：“哎呀，哎呀，发生什么事了？”有几个人认为应该报警，掏出了手机。

“喂，刚才被绑架的是你的同伴吗？”一个身穿西装的小伙子走过来，“发生什么事了？”

“我也不知道。”话音未落，我拔腿便向那辆车行驶的方向追去。

没想到她真的被人掳走了。

前方是一个丁字路口，我决定向左拐。因为右边的车道排着长龙，没见到那辆白色旅行车，所以我断定他们拐向了左边。

我边跑边想：茧美被带到哪里去了？那帮家伙竟然如此干净利落地把茧美这个“会走路的危险品”绑架走，可见对这种事已经驾轻就熟。他们会把她关到什么特别的地方去吗？会对她施以暴力吗？还是会索取赎金？

我也知道，光靠两条腿追不上那辆旅行车，但我无法停下脚步。刚才一起等红灯的路人，可能有人报警了。既然如此，我应该尽量多获得一点关于旅行车去向的线索。要是能记住车牌号就好了。

是不是应该向不知火警官求助？

他是个性格冲动、不拘小节的人，对于我的相求，说不定会答应呢？至少可能性不是零。但我身上没有手机。因为这段时期一直在茧美的监视下生活，手机由她保管着。

我从人行道拐入左边的小路。道路狭窄，但行人稀少，奔跑起来畅通无阻。我跑得气喘吁吁，就像肺里充满白烟一样难受。

又往前跑了一小段。这时，我看见路上倒着一个穿连体服的男人。他躺在车道和人行道之间的路面上，手捂着膝盖和手肘，正在呻吟。这人是刚才那辆旅行车上的一员。我停下脚步，调整一下急促的呼吸，蹲下来摇晃他的身体："喂，我问你！"这一下，他的呻吟声更大了，也不知道是哪里受了伤。他下巴留着胡子，眉毛很粗，眼睛微肿，嘴里说着我听不懂的话，好像不是日语。他大概是从那辆旅行车上摔下来的吧。

"喂，车呢？"我问道。他却没有回答。

无奈之下，我只得搜他的身。只要跟他们的真实身份及茧美的去向有关的线索，什么都行。我从他胸前的衣袋里搜到了手机，掏出来摆弄几下，却不会操作。我想：只要看到来电记录或拨打记录，就能顺藤摸瓜地查下去了。但可能是因为太焦急了，连手指都有些不听使唤。

该怎么办呢？我不耐烦地连连咂嘴。这时，前方传来一声巨响，仿佛是和我的咂嘴声交相呼应。听起来，像是硬物坍塌，比如地面上的支柱倒下的声音。

我正觉得纳闷，定睛一看，路边的电线杆果然歪倒了，竟然是被那辆白色旅行车撞上了。

前方尘烟滚滚，不知是沙尘还是电线杆外面掉落的东西，也可能是旅行车上冒出来的烟。目睹这新鲜热辣的事故现场，我再次惊呆了，身体无法动弹。

旅行车悄无声息。

茧美没事吧？我慢慢走过去。这时，旅行车的侧门嘎啦嘎啦地打开了。

我担心那些穿制服的男人会跳下车来，于是摆好了迎战架势，但没有任何动静。接着，茧美慢慢从车上走下来，蒙在头上的布袋挣脱了一半，捆住手脚的胶带也已经解开。刚下车时，她有些踉跄，随即稳稳地向我走了过来。

“你……你没事吧？”我问道。

她扯下布袋扔掉，转动一下脖子，似乎在说——这才刚热完身。她懒洋洋地回了一句：“废话，当然没事了！”

“到底是什么状况？”

茧美回头看一眼那辆白色旅行车，说道：“不太清楚，可能跟我有仇吧。”

“跟你有仇？”

“不过我好像没招惹过别人呀。”

你怎么可能没招惹过别人！

我想大声控诉。她那旁若无人的言行举止，肯定伤害过很多人，也做过很多违法的行径。正可谓孤家寡人，四面树敌。

“说不定是那帮家伙。”茧美转动肩膀，说道，“上次在那个女人的家门口，我不是摆平了几个混蛋吗？就是抢劫当铺的那帮家伙。”

“是哦。”我也想起来了。那几个歹徒企图闯入如月裕美朋友的屋里，被茧美奋力放倒了。“是他们吗？”不知道是不是那帮家伙前来寻仇。他们应该被抓起来了，但可能有别的同伙。“他们怎么知道我们的行踪呢？”

“可能是在哪里发现了我们，一路跟踪过来的吧。”

“话说回来，你是怎么逃出来的？”

“谁跟你说逃的，这么难听。我可是得胜归来的！我在车里发飙，把开车的吓趴了。真是个废物。”

“原来如此。”我叹了口气。她靠自己就能摆脱困境。

“不过，”茧美板着脸说道，“你果然来救我了呀，小星野。”

“呃……”我不知道怎么回答，小声嘟囔了一句，“这倒也是。”

我脑海里浮现出这样的画面：一群小孩子一窝蜂地追赶足球，连守门员都冲出来了，球场上的二十二个人，全都拼命地向足球奔去。

不知从哪里传来了救护车的汽笛声，为了那辆撞到电线杆上的白色旅行车而来的吧。不知是不是在开玩笑，茧美厌烦地说：“吵死了，是哪里出车祸了吗？”随即穿过人行横道，向对面走去。

我刚才跑累了，腿脚有些不听使唤。茧美斜眼瞪着我，叹息着说道：“我真是服了你了，不知道该说你老实还是什么。刚才我被绑走，你难道没考虑过趁这机会逃走吗？”

我一时答不上来，最后才说了句："没考虑过。没想到。"

"真的假的？难以置信。"

"请相信我。"

"不是这个意思。我是说你笨得让人难以置信。"

"事实上，就算逃也逃不掉呀。"

"拼命逃的话，还是有办法的。"

经过大楼之间的狭窄道路，再走一小段，就是巴士来往的大街了。我无意去看手表。"那辆巴士"的到来，不再是遥远的未来，而是近在眼前的现实。一想到这里，我浑身起了鸡皮疙瘩。也许，能称为"人生"的时间已经所剩无几，往后只有痛苦和恐惧。又或许，连痛苦和恐惧都没有，只有平淡无味、令人几欲发疯的沉闷时间？一直以来，我对"那辆巴士"的目的地以及自己今后的命运一无所知，此刻，我终于开始了各种猜想，脑海里浮现出只有在小说世界里见过的场景——监狱、劳教所、手术台、实验室、热带雨林……

从此以后，我也许就要被剥夺自由，磨灭意志，唯一的目标就是活下去，直到死为止。

坐上"那辆巴士"，也许就是这个意思吧？想到这里，我惊慌失措，双腿发抖，使不上劲。膝盖直打哆嗦，无法往前迈出一步。

"哼。"茧美俯视着我。她比我高，视线自然是从上往下。她的脸上露出怜悯。"你怕自己的身体会变成机械吗？"

即使是一句玩笑，此时也把我刺痛了。我的身体仿佛突然变成了机械构造。

"怕。"我坦白道。

"是吗，怕了吗？那怎么办？"

"没办法。既然已成定局，只能气沉丹田，勇敢面对了。"

"这是什么鬼？"

"小时候母亲说的。"想起母亲，我又感到一阵揪心，"她对我说，当你遇到困难时，如果吓得两腿发软，一心想逃跑，就真的会输得很惨。相反，如果你敢于对困难说'有种你就放马过来'，勇敢地面对，受到的伤害反而会少。打架也好，生病也好，无论什么事，畏畏缩缩就输定了。"

"你母亲被车撞死的时候也想过'有种你就放马过来'吗？"

"也许吧。"我不知道茧美是真的疑惑，还是在挖苦人。不过，因为我从没想过母亲在车祸现场是怎样的，所以此刻，当我想到母亲直到最后都没有逃避时，顿时勇气倍增。

"所以，我也要勇敢面对。"

茧美皱起眉头，指着我的双脚说道："还说什么勇敢面对呢，你都哆嗦得走不动了。"

"是的。虽然我心意已决，身体却不由自主地哆嗦。"我苦笑着说道，"就是不听使唤，怎么办呢？"

"连自己身体都控制不了的家伙，坐上'那辆巴士'后，怎么可能平安回来呢？"

我把手搭在膝盖上，想让它停止颤抖。我对它说："别哆嗦了！"感觉像在教训小孩"不要逃避，不要让我失望"一样。

过了一会儿，我站直身体，抬起脚，往前迈了一步。"走吧。"

茧美稍稍迟疑了一下，然后跟了上来。

我们穿过高楼间的狭窄道路，渐渐看到了前面的大街。建筑物的墙边似乎有积水，地面一片潮湿，预示前方弥漫着潮湿阴郁的氛围。

“喂，小星野，接下来我要做一件惊人的事。”

我停下脚步，看着她的脸：“惊人的事？比如翻跟头吗？”

话虽这么说，但从见面第一天起，她的言行举止就总是超乎我的想象。所以，即便她真的翻跟头，我也不会觉得奇怪吧。

“不是啦。听好了，可别被吓到哦。”

“好的，我不会吓到的。”

“现在，我要给你出主意，帮你想办法逃跑。”

我被吓到了。

“你要救我？”

茧美黑着脸说道：“是的。你听好，我只说一遍。而且，这只是我刚刚冒出的念头，没什么具体思路。你可以考虑一下。”

“考虑什么？”

“怎样才能不被‘那辆巴士’带走。”

“有什么办法吗？”

“你听好了，人在最后关头如果不想被抛弃，就只有一个办法：告诉对方自己是有用的，不可或缺。”

“有用？”

“唉，你怎么看也不像是个有用的人啊。”茧美毫不留情地打击我，“不过，我倒是想到一点，你不是刚和五个女人告别嘛，能不能利用她们呢？”

一听到“五个女人”，我脑里依次浮现出了她们的脸。不，应该是一瞬间同时冒出来的吧。“怎么个利用法呢？”

“首先，你第一个告别的，是那个吃巨无霸拉面的女人吧。”

“她又没吃。”

“跟她搞婚外恋的那个家伙，靠卖迪士尼的山寨产品赚了一大笔钱，没错吧？”

“的确有这么个人。”

“在这个世界上，还是拥有专利权的家伙混得开。噢，是叫知识产权吧？不过，那家伙好像对美女缺乏抵抗力吧？”

一直以来，我都以为茧美只会把别人说的话当成耳边风，没想到她记得这么清楚。我不由感到佩服。

“这样的话，那个女戏精就能派上用场了，对吧？让她去引诱那个小迪士尼……”

“搞什么嘛，难道让她假意结婚行骗吗？”这样就能骗到一大笔钱？不过，光凭这点钱，恐怕无法把我赎出来吧。

“既然要玩，干脆就玩票大的。你那几个女人里，不是有个带着小孩的嘛，她在银行上班吧？”

想到霜月理纱子和海斗母子，一股怀念之情油然而生。她看到那个作为圣诞礼物的手提包时会有什么反应，我当然无从知道。和我分手后，他们的人生还在继续，而且会继续下去。但我一直不愿接受这一现实。

“让小迪士尼去买这个银行职员的产品，怎么样？”

“产品？”

“保险或者投资都可以。反正，就是要过个好几年才能看到结果的产品。”

“是要让他们赚钱吗？”

“不是。你可以借此拖延时间，说要给他们变个好玩的戏法，让他们再等等。”

这时，我才渐渐明白茧美在打什么主意了。“你的意思是，你的那些……同伙或者说上司会答应这事？我可以恳求说——我要和那些女人一起玩票大的，等我完成后再把我送上那辆巴士吧？”

“之前不也试过嘛。你跟我说，你同时在和五个女人交往，想跟她们一一告别。我原本以为他们绝不会同意，毕竟你根本就没资格提要求。不过，我后来一问，他们却回答说：‘这事好像挺好玩的，你就陪他去吧。’”

“你的上司很贪玩吗？”

“没错。他们的判断标准就是好不好玩。你不觉得吗？”茧美一本正经地说道，流露出半信半疑的神情。“也就是说，与其去筹一大笔钱，还不如告诉他们：‘接下来会发生好玩的事哦。’让他们充满期待，这样效果更好。这种时候，你那五个女人就是最好的材料啦。”

茧美的话似乎缺乏说服力，我却差点被说服了。虽然“材料”这个词听起来有些刺耳。

“还有，那个经常模仿飞绳大盗的女人也能大显身手了，可以让她去偷些重要的文件。更重要的是，‘年轻女人潜入高楼’一听就很刺激，对吧？”

莫非茧美的上司全是些单细胞生物，听到“年轻女人”就会变得很好说话吗？我不由感到吃惊，而且诧异。我只能这么理解：这大概是茧美的特殊习惯，在关键时刻无视对方感受而说的玩笑话。

但茧美又补充一句："说到底，这不过是种可能性。我觉得事情不会这么顺利。无论你说得多好玩，他们也未必同意对你实施缓刑。"说这话时，她有些反常，像在谆谆教诲，让我觉得自己成了中学生，正在听从老师讲授处世之道。

茧美看了看手表，皱着眉头说道："时间差不多了。怎么样，要不要赌一把？说不定已经来不及了。我可以现在打电话，帮你争取。怎么样，要试试看吗？"

我的双脚不再哆嗦，周围的环境也比刚才清晰了些。我能静下心来眺望旁边大楼墙上的空调管、窗户里的灯光，还有茧美脚上穿的鞋……这两个半月多来，我没有闲工夫好好观察一下茧美的这双黑色运动鞋——它虽然很旧，却洗得很干净，没什么污渍。一向目中无人，做事莽撞的茧美，却穿着一双如此朴素的鞋，即使旧了也不换双新的，不知道是因为钱的问题还是出于她的信念。看见她这么爱惜这双鞋，我不由得感到她的那些异常言行，也仅仅是她的某一方面而已。虽然还不至于觉得她是普通人，但感觉上，已经不像外星生物那般遥不可及了。

"不用了。"我下意识地说道，"如果把她们牵连进来，可就白忙一场了。好不容易才和她们告别的。"

"我觉得，现在可不是说这种话的时候。"

我没管她，自顾自地向前走去。我的双腿又哆嗦了起来，脚下的这条路通往大街，但大街必定通往某处。我被笼罩在四处封闭又看不清未来的绝望之中，几乎被它压垮了。我真没出息。值得庆幸的是，我虽然打着哆嗦，但已经能向前迈步了。这让我感到一丝宽慰。

“喂，你爷爷那句格言说得没错。”

“我爷爷说什么了？”

“千里之行，始于足下。”

茧美沉默了一瞬，接着说道：“喂，你别嘴硬啦。瞧你走得踉踉跄跄的，肯定害怕得要死。怎么样，要不要按我说的方案去做？”

“你说得这么笼统，根本不叫方案嘛。”我故意一笑了之，“不用了，我去坐巴士。”

“是吗，随便你。”

这个巴士站自然很普通。有顶棚，还竖有一块贴着时刻表的牌子，长凳上坐着三个老婆婆，还有两个女高中生。茧美和我一起出现时，所有人都被她的体格和霸气吓了一跳，随即又漠不关心地移开视线。

天色已暗，幸亏还有路灯的光亮。

“‘那辆巴士’真的会来这里？”

“来了。”

我大吃一惊，向右望去，只见一辆绿色的巴士向这边驶来。深深的绿色让人联想到森林。车头上方有个标示目的地的牌子，上面写着“回程”两个字。大概是这个原因吧，站台上的人都对这辆巴士没有反应。

“就是这辆？”

“是的。”

我定睛望去，想要看清车内的模样。但车窗是烟玻璃做的，看不见里面。就连司机的身影都有些朦胧，不知是不是心理作用。

“你不上车吧？”我问茧美。

她答道：“嘿，我才不呢。”

我伸出右手。她好奇地看着，随即回握了我的手。

“你的词典里应该没有‘握手’吧。”

“如果你回心转意，可能还有最后一丝机会。”她绷着脸，但脸色没有很凝重。

“那你来救我吧。”我笑着随口一说。

“我？怎么救？”

“上次咱俩不是一起开车追过逃逸的肇事者吗？虽然最后才发现追错人了。不如，你像那样追上巴士来救我吧。”

我的脑海里浮现出酣畅淋漓的一幕：茧美开车抄到前面，逼停巴士，跳进车里，大闹一番……凭她刚才被绑住手脚还能潇洒脱身的霸气，这种小事应该难不倒她吧？然后，我也竭尽全力地搏斗，和她一起跳下巴士。然后……我编不下去了。再往后的事，我实在想象不出来。

“你白痴呀？”茧美苦笑着说道，“你觉得我会干这种事吗？”

“不觉得。”我坦白地回答，“不过，万一你的词典里还有‘助人’或者‘帮助’之类的词，那就来救我吧。”我知道，她的词典里没有这些词语。

绿色巴士停在路边，车门冷冷地打开了，仿佛在说：“就这趟车，你爱坐不坐！”这态度真够差的。

我转过身，背对茧美，走向巴士的侧门。我要乘坐标有“回程”的巴士，周围的人也没觉得特别奇怪，也许他们正在猜测我有什么特殊情况吧。

踏入巴士的瞬间，我感到一阵窒息。车厢内并不昏暗，我却忍不住想蹲下身子。我心里充满恐惧和不安，无法再往里走。我回想起一一告别的五个女人的面孔，努力回忆着和她们相处的时光，好不容易才稍微镇静下来，抓住了车上的座椅。

听到车门关闭的声音，我回想起上幼儿园时的情景——每次和母亲道别坐上校车时，我都会因为孤独和不安而悲从中来，和此刻完全一样。“吃完午饭马上就回来了，没事的。”母亲见我哭丧着脸，这么安慰道。这次，当然听不到这样的声音了。就算我吃完午饭也回不来了吧！我深深地吸了口气，再呼出，然后又吸了口气。这时，我才抬头环视车内。这一看，顿时吓得双腿发软，一屁股坐在椅子上。

目送着绿色巴士渐渐远去，茧美轻轻呼出一口气，转动一下脖子，同时感觉肩膀发酸，反复做起了耸肩动作。

“请问，刚才那辆巴士不是回程车吗？”旁边的女高中生问道。

茧美没有理她，慢慢地迈出步子。她想到要打个电话——汇报工作已经完成，似乎又觉得麻烦，甚至连手机都懒得拿出来。

不过，她从挎包里掏出了词典。词典封面卷曲得不成样了。她想起星野一彦的话，便查起了单词来。看见被涂黑的痕迹时，她不由哼了一声。词典上，没有“助人”，没有“帮手”，也没有“救人”。她不记得是什么时候涂掉的。仔细一想，词典已经被涂得千疮百孔，词语所剩无几了。

“没有也不奇怪嘛。”她嘀咕一句。

茧美抬起头，一个推着摩托车走向车道的小伙子映入眼帘。她下意识地走上前，朝那小伙子的胸口猛拍一下。小伙子冷不防被吓了一跳，双眼圆睁，发出沙哑的惨叫声，身体也僵住了。眼看摩托车就要倒地，失去身体平衡的小伙子连忙站稳，踩下了支撑架。

“你……你想干什么？”他一脸恐惧，用双臂护住身体。

“喂，快把词典借给我，反正你也是个复读生嘛。”话音未落，茧美就扯下对方的背包。小伙子狼狈得忘记了生气，声音颤抖地说道：“你凭什么说我是复读生？我是学生。”

“谁管你呢。”茧美从背包里抽出词典，“这不是有嘛，借给我！”她立刻剥下词典外盒，扔到地上，顺手把背包也扔了。“哎哟……”小伙子发出柔弱的惨叫声，踉踉跄跄地去捡。

刚翻开词典，茧美就发出雄浑的怒吼。地面仿佛颤抖一下，把一个身穿大衣的路人男子吓得缩成一团。茧美把词典摔在地上：“为什么是德语词典？你要我呀？”

“因为……”那学生忸忸怩怩地解释，“我的第二外语是德语……”

“第二个鬼呀！你以为是广播体操呀，还分第一套和第二套？”茧美继续叫嚷，不容分说地站到摩托车旁，“喂，把这个借来用用。”

“啊？”那学生愣住了。

“少废话。钥匙都插在上面了，正好！”

茧美望向车道的前方——还能隐约看见绿色巴士的车尾。它正在等红灯。

茧美把视线转回摩托车，怒吼道：“都什么年代了，怎么还用这种脚蹬型摩托车呀！”她踩了一下启动杆，感觉踩空了，引擎没有反应。

“对不起，车子旧了，电池有点儿失灵。”学生挥动双手，满怀歉意地说道，一副惊慌失措的样子。

“我不管！”茧美嘟哝着，又踩了一下启动杆。还是没有半点反应。

她用右脚又踩了一下，就像对着停止心跳的身体大叫“快醒醒”一样。还是没有反应。

“再踩十下。”茧美喃喃自语，“再踩十下，如果引擎还是没有启动，说明星野一彦的未来注定如此。就这样吧。再踩十下，就十下。”那学生在旁边乖乖听着，点头称是。

茧美站稳左脚，右脚踩了一下启动杆。没有反应。她抬头望向车道前方，那辆绿色巴士开动了。踩。踩。踩。她用目光搜寻远处的巴士，低头看着摩托车。踩。踩。踩。踩。踩。她吸了一口气，再踩……

END

伊坂幸太郎

Kotaro Isaka

日本作家

代表作：

《金色梦乡》《再见，黑鸟》

《重力小丑》《死神的精确度》

伊坂幸太郎为何对“披头士”如此着迷？

一起聊聊作者的“摇滚梦”吧！

再见，黑鸟

产品经理	顾琪静	书籍设计	朱镜霖
后期制作	顾逸飞	责任印制	路军飞
产品监制	何　娜	营销推广	施明喆
出 品 人	吴　畏		

图书在版编目（CIP）数据

再见，黑鸟 /（日）伊坂幸太郎著 ; 黄悦生译. --
上海 : 上海文化出版社, 2019.3
ISBN 978-7-5535-1516-8

Ⅰ. ①再… Ⅱ. ①伊… ②黄… Ⅲ. ①长篇小说－日本－现代 Ⅳ. ①I313.45

中国版本图书馆CIP数据核字(2019)第038289号

图字：09-2019-118号

Bye Bye, Blackbird by Kotaro Isaka

出 版 人：姜逸青
责任编辑：郑　梅
特约编辑：顾琪静
书籍设计：朱镜霖

书　　名：再见，黑鸟
作　　者：伊坂幸太郎
出　　版：上海世纪出版集团　上海文化出版社
地　　址：上海绍兴路 7 号
发　　行：果麦文化传媒股份有限公司
印　　刷：北京盛通印刷股份有限公司
开　　本：880mm×1230mm　1/32
印　　张：6.75
插　　页：4
字　　数：212 千字
印　　次：2019 年 3 月第 1 版　2019 年 3 月第 1 次印刷
印　　数：1-23,000
书　　号：ISBN 978-7-5535-1516-8
定　　价：49.80 元

如发现印装质量问题，影响阅读，请联系 021—64386496 调换。